備位　使

見習いグリム・リーパー

連殷鳴

十九歲（陽壽），
冥使事務所・柳分部第一線人員。

口頭禪 ……你找死嗎？

外表 冷面待人，看不起比自己弱的人，
常常叫皇甫洛雲「菜鳥」，說話總是尖酸刻薄，
喜歡把槍抵在別人腦門上。

裝扮 黑色大風衣，內穿綠色T恤和黑色西裝褲，
左手印記的位置配戴繡有柳字的白色皮手套。

武器 黑色裝飾手槍「絕」，槍身上刻有「絕」的篆體字。

備位　使

見習いグリム・リーパー

武倉庚

二十七歲，冥使事務所・蕭分部部員。

口頭禪 嗯……有點擔心……

外表 有著略長的黑髮、憂鬱的表情，像是會算計他人似地，眸中總是透著一些詭譎色彩。

裝扮 身穿黑色事務所分部制服，腰的兩側放著兩把小短刀。左手手背有六瓣花印記，內襯衣袍是淡藍色類似襯衫的衣服。

武器 兩把短刀。與匕首差不多大小，造型古樸，具中國風，兩把刀身分別刻著「鎮」、「驚」的篆體字。

三日月

備位冥使

輕世代
FW059

見習いグリム・リーパー

III 分部疑雲

DARK櫻薰 著
LASI 繪

備位冥使

楔子・紅黑怨氣 7
壹・自主任務 13
貳・關聯 上 39
參・關聯 下 57
肆・陷阱 77
伍・冥使分部的廢墟 91
陸・過往的謎團 111
柒・案中案 131
捌・衝擊的事實 153
終・業鏡 173
番外・薪水 179
番外・古董店 189
後記 199

楔子・紅黑怨氣

夜裡，宛如狼嚎的狗吠聲撕破靜寂的夜空，此起彼落地在夜裡迴盪著。

但卻沒有人被吵到掀開被直衝窗戶，怒氣沖天地對外面大吼「不要吵」。

那些人彷彿沉靜在溫暖的被窩裡，舒服得不想要爬起來，那些叫聲也像是沒有入侵到他們的腦裡，睡得十分安穩。

但是，夜裡的氛圍很壓抑，沉重到若是有人醒著，朝外頭望去一定可以看到渺渺黑煙在此地蔓延盤繞著。

黑與白色的煙霧交錯糾纏，白煙不斷地被黑色的煙霧吞食，在這霎那，白煙不是變成透明淡色，就是變成黏稠的深黑。

落入地上的黑煙，像是藤蔓緩緩地爬滿了地面與經過的屋子，此地即將被這緩慢步調移動，卻用驚人的速度吃食地盤的黑煙吞噬時，猛地，無數個尖銳破空聲傳起！

「叮叮、哐啷！」

屬於金屬的交錯聲不斷堆砌，最後還傳來疑似物品的掉落聲。

詭異，十分詭異，這些大到疑似外頭有人鬥毆的聲音依然沒有將人們從睡夢中驚擾而醒，這感覺像是人們與那些聲響身處不同空間，自然也不會因此而醒。

「呼、呼……」

街道上一前一後竄出兩道身影，一人有著略長的黑髮，但長髮早已被汗水染濕，也很雜亂，他身穿的黑色外套與腰部繫著的皮件被銳利刀物割出一條條不規則的開口，外套還有很多的髒汙與血痕，也透出內中的藍色服飾。

這名男子他看起來很累，不斷大口地喘氣，但他的雙手緊握著兩柄全白的短刀，戒備似地看著前方。而站在男子身前之人，露出吃痛神情，一手撫著腰部，但另一手卻拳起，定神一看，他的手裡握著一把連弩，上面安著一支半透明的針。

「把東西……還回來。」他大口吸氣，沉聲說著。

「你覺得呢？」男子挪動身軀，姿態由戒備改成攻擊，「蕭安聞，就算我還回去了，下面也不會放過我吧？」

縱使對方下重手，但對方開口了，蕭安聞依然忍著痛，給予對方生命保證。「交出來，一切都好商量！」

「哈、哈哈——你覺得呢？」男子慘笑，打從他下定決心偷走「那個東西」，就沒有回去的打算。

那件事太可怕了，他絕不容許有這種事情發生！快一點，他要快一點，快一點將眼前之人擊倒，快一點去那個人的所在的地方，將「那個東西」交予那個人。

這也是他不惜冒著生命危險，甚至是對上眼前這名分部長，也要竊走逃離的原因。只是對方太纏人了，要順利離開這個地方勢必要再下更重的手，讓他爬不起來。

思及至此，男子雙手用力緊握，呼吸霎時屏住，心神一致地朝蕭安聞刺去！

蕭安聞見狀咬牙嘖聲，既然自己勸說無效他也不需要跟男子客氣，握弩的手用力向上揮起，細針隨著動作迸射而出，男子半瞇著雙眸，雙眼緊盯著蕭安聞的手勢，左手以最小的動作挑掉蕭安聞的半透明細針，再順著揮刀的動作，拋出右手的短刀。

「哧」的一聲傳來，蕭安聞的右胸口被短刀深深埋入其中，他的身體霎時頓住，手微微抬起，指尖也透出顫抖。

男子用力地嚥下唾沫，耳邊可以聽到清晰的「咕嚕」聲，他緊繃著神經，抬起還沒有將刀扔出的左手，考慮著要不要近身刺殺，順便拿走自己的另外一把刀。

男子思考半秒，決定要扔刀解決蕭安聞，但他看到蕭安聞立即地向前倒地，戒備鬆下了些許。

饒是如此，男子依然小心翼翼地挪移腳步，來到蕭安聞的身旁。

蕭安聞是正面倒下，插在胸口的刀刃在這倒地的衝擊下，刀應該插得更深吧！

男子勾起唇，冷冷挑眉，抬起腳尖，將蕭安聞的身體挑起翻到正面，雙眼瞅著緊閉著眼，狀似昏迷的蕭安聞，隨即伸手並彎下身，手握住刀柄，用力將刀拔起。

鮮血從刀刃拔出的地方噴濺而出，男子因為拔刀的關係，被蕭安聞的血濺到頸與部分的上身大衣上。

黑色，染上紅色依然是黑色。

男子眸中閃出詭譎的神色，心想著：或許就是因為這原因，冥使才幾乎著黑衣吧？

隨即他轉過身，準備往他處前進，只是走不到一半，男子又停下了腳步。

他方才沒有確認蕭安聞的死活。

縱使蕭安聞是死，或是還殘存一口氣，但沒有知覺，也沒有因為拔刀的劇痛而醒來，他想著既然都已經下手到這一個地步了，留活口也是會替自己添上一筆麻煩。

保險起見，男子決定回去，然後在蕭安聞的身上補上致命傷。

男子甫一轉身，耳畔傳來倏地破空音。

眼簾微動，眼角餘光捕捉到一抹銳利得比黑色還要深沉的金屬色彩。

還沒意識到發生什麼事，男子那黑色大衣的左側口袋瞬間劃出一條裂口，一顆顆黑色的珠子從口袋中滾落而出。

男子瞠大雙眸，下意識地抬手朝地面滾動的珠子伸去。

但這動作也僅有半秒，男子在伸手的這一刻，緊急地收手，手掌深入裂開的口袋，抓住最後殘餘的一顆珠子，不讓它也跟著繼續掉落地面。

男子咬牙，一邊斜握著短刀戒備，一邊緊盯著那些掉落的黑色珠子，透出詭異的紅色妖光，在深夜的柏油道路上滾動著。

「叮鈴！」

突然，耳旁傳來清晰的鈴鐺聲，男子轉身朝聲音的傳來的方向望去，只見……

一把漆黑的鐮刀破空朝他襲去——

壹・自主任務

當自己的好朋友殺了人，自己無力阻止時，到底該怎麼辦呢？

那天離開社區後皇甫洛雲腦袋裡一直重複回憶當天的情況，心底無法釋懷。他沒辦法阻止姜仲寒，只能眼睜睜地看著他下手殺人，最後還讓他逃走。他的心底溢滿了無力的失落感。

「你，都沒想過要將他揪出來嗎？」

看他失魂落魄了好多天，半恍神地走進辦公室，某位眼神銳利到根本只會把人槍殺拖去掩埋的傢伙，看不下去了，萬分不爽地對他說著。

皇甫洛雲也不知道該如何回應，只能將目光轉移到別的地方，將連殷鳴的話語當成耳邊風。

「……菜鳥，你以為看別的地方我就會閉嘴嗎？」

連殷鳴雙手交疊在胸前，眸中的冷逸感讓人有會被殺死的錯覺。

面對這比不信任還要慘烈的眼神，皇甫洛雲原本想要無視到連殷鳴離開，但連殷鳴下一句話就讓皇甫洛雲當場炸開。

「哼，連揪出來的想法都沒有，我看你還是離職滾回去算了。」

「什麼沒有！我當然有想過，我只是想要自己調查而已！」

皇甫洛雲當下氣衝腦門，心直口快地大聲說出這席話，分部長柳逢時還刻意看戲拍手叫好，「唷，皇甫小弟真熱血！」，鼓吹皇甫洛雲繼續說下去。而他說完的結果，自然是心底生出翻白眼的衝動，只想要快速跑到柳逢時的身後，利用柳逢時這塊擋箭牌擋住連殷鳴那冰冷殺氣與隱藏其中的滔天怒火。

可皇甫洛雲沒想到，連殷鳴這傢伙居然僅是冷冷狠瞪，原本以為會有的毒舌嗓音卻沒有出現，就連那會拿出手槍的左手在大衣口袋之上，手指微動微縮，似乎想要掏槍打人，卻又有什麼原因讓他無法動槍打人。

連殷鳴維持這動作約有三秒，最後發出「哼」的一聲，甩手離去。

皇甫洛雲無法忘掉那個哼聲，那跟以往不同，那不太像是生氣，反而是那種類似無奈的嗓音。

為什麼呢？

好奇的情緒刮搔著皇甫洛雲的神經，他想問，但問了一定會被連殷鳴槍殺。

但也因為連殷鳴被他氣跑了，皇甫洛雲也免除了被連殷鳴脅迫吐情報的機會。畢竟他所了解的姜仲寒，也只流於過往相處時的記憶，實際上他對於姜仲寒高中畢業之後的這短短幾個月內的狀況卻完全不了解。不然他當初也不會跟劉昶瑾討論姜仲寒的下落問題。

而現在他會大白天地出現在柳分部，除了煩惱接下來他該怎麼做以外，也是因為他有另外一件事想要詢問柳逢時。可誰知道一進入辦公室，就先跟連殷鳴又鬥起嘴來，連殷鳴還突然跑掉了。他不曉得是連殷鳴剛好有任務，還是看到他一時氣憤而離開，這部分皇甫洛雲就不清楚了。

饒是如此，皇甫洛雲還是決定先將這鬱悶心情收起，走到柳逢時的辦公桌前，出聲喊道：「分部長。」

「怎麼了？皇甫小弟。」柳逢時的注意力在手邊的文件上頭，僅是出聲詢問。

「分部長，我有事情想要問你。」

「我現在在忙，沒空呢！皇甫小弟。」

柳逢時說完，低頭看著手中文件，皇甫洛雲沉默數秒，抬手壓住柳逢時的文件說道：「分部長，我想要跟你問一下學長的事情。」

柳逢時聞言，眉頭重重挑起，翻閱文件的手霎時停住，笑看皇甫洛雲，「剛好，我也有些問題要問你呢！」

「問我學長嗎？」從他發問以及柳逢時的反問，十之八九跟他學長有關，「蕭安聞學長最近狀況很不好，分部長你應該也知道吧？」

雖說分部與分部之間不能干涉，由於皇甫洛雲認識的人裡，有兩位是分部長，柳逢時也嚴正提過，他不能過度依賴別分部的冥使，有任何問題可以先問他們。

「先說說你看到的狀況吧。」柳逢時拿起筆，將筆尖指向皇甫洛雲，笑笑說道：「我想，你應該有去看你那位學校學長的狀況？」

皇甫洛雲抿緊著唇，正打算搖頭，柳逢時晃了晃持筆的手：「皇甫小弟先想清楚再說唷！或許在一般的職場上，善意的欺騙是可行的，但這裡可不是什麼『一般』的地方，你說是不？」

頓時，皇甫洛雲語塞，他倒抽口氣，露出為難神情。該不會柳逢時又在偷觀察他了吧？不過對於自己跟「同業」接觸，永遠都無法逃過柳逢時的法眼。

「前幾天，我有課程方面的疑問，要去找學長詢問，手機一直無法接通，沒辦法之下我只能直接去找他了……才知道學長竟然受重傷了……」

接著，皇甫洛雲稍微訴說當天的狀況。

這次在學校遇到的問題有點麻煩，他一定要聯繫蕭安聞，皇甫洛雲只能硬著頭皮去蕭分部，他慶幸蕭安聞跟他一樣是冥使，找不到人他還可以去分部找。

但他這一去，卻看到讓他震驚的狀況。

蕭安聞重傷未醒，蕭分部內的冥使知道皇甫洛雲和蕭安聞的關係，但還是因為不同分部的關係，只能用含蓄的方式與皇甫洛雲提一下蕭安聞的狀況。

「今天學長傳簡訊給我，他說他沒事明天會回去上課，我要問的事情可以明天去問他……」皇甫洛雲雙手抱胸，露出思考神情。粗估蕭安聞應該是這一兩天才醒來，畢竟他前些日子去的時候蕭安聞還沒醒。

看見皇甫洛雲的眉頭皺在一起呈現川字形，柳逢時勾起唇，一手支著臉頰，手肘抵在桌面上，笑看皇甫洛雲，「你想要問蕭安聞到底發生什麼事？」

「嗯，上次去蕭分部，那邊的部員是跟我說事情很嚴重——畢竟學長被打到那樣……他是分部長嘛！居然會有惡靈把他打成那樣，而且我還跟他們稍微聊一下，聽他們的意思是，打傷學長的傢伙也逃走了。」

「有說是誰嗎？」柳逢時接著問。

面對柳逢時的疑問，皇甫洛雲想了一下，搖頭道：「沒有，他們只說『那傢伙』，那應該是惡靈什麼的？」

當冥使當了一段時間，只要是惡靈之類的怨魂，他們都會用其他古怪的方式稱呼它們。

「分部長，這件事我們可以調查嗎？」這是皇甫洛雲今日前來最想要提問的疑問，「畢竟學長對付惡靈都被打成那樣，他的分部如果要抓，應該很難抓吧？」

加減多一些人協助去抓，蕭分部的壓力應該會減少。皇甫洛雲是這麼認為的。蕭安聞受傷這件事柳逢時應該也很清楚，只是幫忙抓人這部分就要看柳逢時了。

但看柳逢時對於幫忙這部分，直到今日都隻字不提，他對於任務的工作分野和介入狀況也很計較，估計柳逢時也沒打算去蕭分部「慰問」蕭安聞。

柳逢時當然有注意到皇甫洛雲眸中的抱怨，他將筆放置在辦公桌上，雙手交疊輕鬆道：「關於這點……其實有件事要先跟你提一下，當然這和你說的有相關。」

皇甫洛雲疑惑地看向柳逢時，有什麼是相關的？

柳逢時粲然一笑，這讓皇甫洛雲自動後退數步，全身起雞皮疙瘩，這笑容……有鬼？

只見柳逢時抬手指著桌上的文件，輕聲道：「你學長重傷到目前蕭分部的任務幾乎都由柳分部處理，因為上次估算蕭分部的分部長躺在床上昏迷不醒，要等他修養好最快也要等上半個月。不過算我估算錯誤，他今天就可以活動了呢！」

說到這裡柳逢時敲了敲蕭分部的文件，思考要不要全部打包扔回去，讓傷重初癒的蕭分部長處理一下自己的工作。

饒是如此，柳逢時倒是有個問題想對皇甫洛雲問著，「皇甫小弟，你為什麼會這麼關心蕭分部長狀況呢？是因為他被攻擊重傷，你想幫他？」

「是呀。認識的人被打成那樣，分部長換作是你會不聞不問嗎？」皇甫洛雲深怕柳逢時真的會露出邪惡微笑，不只說「不會」，還會表明自己絕對不會有罪惡感，他決定再追加說法，「如果鳴跟宓姐重傷昏迷也找不到凶手，你應該會去找凶手吧！」

「……這可真難辦呀！」瞬間，換柳逢時棘手了。如果他說不會，甄宓知道後一定會鬧脾氣，但皇甫洛雲也沒有說錯，一般人一定會有這樣的反應。

「皇甫小弟。」

「是？」

「你去找鳴吧。」

「咦？」皇甫洛雲愣住，他問的事情跟連殷鳴無關吧？

柳逢時用若無其事的口吻說著，「我有請宓兒正式發函到蕭分部，詢問蕭分部那邊需不需要我們幫忙，畢竟他們『狀況』太多，如果無暇分身找出傷害蕭分部長的凶手，我們這邊可以無償幫他們找人。」

奇怪，這項服務也太好了吧！不喜歡被人占便宜的柳逢時居然會提出這麼好的方案？這其中一定有鬼！

皇甫洛雲懷疑地看向柳逢時，柳逢時僅是笑著說道：「沒有其他的原因，而是鳴他很想處理這件事。」

皇甫洛雲發自肺腑的吐露出自己的心聲，「……嗚會想要處理這件事，為什麼會讓我有很恐怖的感覺？」

「哈哈——」柳逢時聞言，豪邁大笑，「所以皇甫小弟你想要去了嗎？蕭分部那邊已經答應囉！因為分部長重傷的關係，想要處理也無暇分身，他們的員工也不好意思地要一個大傷患去面對這件事，一聽到我們柳分部有意幫忙處理也不收報酬，蕭分部長就算為難……也只能答應。」

簡單來說就是脅迫別人答應，這樣好嗎？對方是傷患呀！

皇甫洛雲內心慘嚎。

「嗚已經去囉，你還不快點追，皇甫小弟。」

柳逢時勾唇，帶起淡淡地微笑，瞇眼說著。

◌ ◌ ◌

十幾天前，蕭分部內發生一起竊案，蕭分部內飽含怨氣的戒珠被人所偷，蕭安聞發現戒珠被竊，追了出去，卻被對方打到只剩下一口氣，僥倖生還。

武倉庚，蕭分部的冥使，也是讓蕭分部的分部長重傷的元凶。

蕭安聞會被發現，也是因為他們打鬥途中，疑似打破了戒珠，引發怨氣爆發，引起下界關注，一經調查才知道這是蕭分部引發的內賊事件。

戒珠被竊還被破壞，此事茲事體大，不只可能會讓蕭分部被下界強制關門，嚴重的話也會波及整個陽間。也因為人員手腳不乾淨、分部長重傷之故，蕭分部內的任務暫時轉移到附近的柳分部，而蕭分部內唯一保留的任務就是抓住武倉庚。

而現在，蕭分部無力處理，便將這任務委託柳分部協助處理。

「……第一，是他們廢物，第二，我一個就好，多你幹嘛？」剛剛接下任務走沒多遠的連殷鳴，看到皇甫洛雲追著自己出現在他的眼前，瞬間只有充滿想要開槍打昏皇甫洛雲的衝動，不悅嘖聲。

「可是從分部長那裡聽起來像是你想要搶工作耶！」皇甫洛雲晃動食指，認真道：「嗚，學長他受了重傷，他們分部忙著找凶手，當然也沒辦法好好調查目前的工作。」

皇甫洛雲狀似一點也不害怕，實際上他心裡哀號自己居然這麼大膽敢這麼對連殷鳴說話，若是一個不小心，他真的被敲昏了那該怎麼辦？

不過他會這麼大膽，也算是連殷鳴的反應讓他有些不悅，他們分部都遇上這些慘事了，連殷鳴怎麼都不體諒他們一下？

「我們分部被人炸了，柳也沒有請對方幫忙處理工作，更別說任務都已經全包了，最重要的工作也不去辦。」連殷鳴重重挑眉，又道：「菜鳥，你知道他們目前唯一的工作是什麼嗎？」

皇甫洛雲捕捉到連殷鳴透出一絲笑意，就算嘴巴上是這麼說，連殷鳴心底還是很高興蕭分部把調查全力放出來吧！

「是什麼？」饒是如此，皇甫洛雲不打算直接戳破這一點，直言問。

蕭分部那邊狀況被情報封鎖，知情的也只有分部長級別，以及蕭分部的員工，那邊的人也被禁止對外透漏一切訊息。

皇甫洛雲從蕭分部和柳分部自願接手蕭分部工作就可以得知，蕭分部那邊的狀況很嚴重，但不明白那邊為什麼要把消息封鎖，更別說他還是追連殷鳴，跟他說明自己跟柳逢時談論的內容，最終得到他們要一起行動的信息。

「他們要找出那個內賊，讓下界知道蕭分部對下界而言還有用處。」連殷鳴雙手插入大衣口袋，淡然說道。

「如果找不到呢？」皇甫洛雲內心咯噔一聲，有不妙的預感。

「那就廢了這個部門。」

連殷鳴回得清淡，話語透著像是無奈，更像是早已看清事實一般，讓皇甫洛雲不知道該怎麼接話。

只是在皇甫洛雲還沒理清楚這句話的意思，連殷鳴便趁他不備，在他的眼前消失。

「——鳴你這個混蛋！」

面對前方消失無蹤之人，皇甫洛雲悲憤大喊。

連殷鳴這混蛋還切掉聯繫！這樣他要怎麼追人吶！

「啊啊！早知道我就在鳴的身上下追蹤符呀！」

每次被追蹤的都是他自己，等到想要追人時，卻發現自己手中「已經」沒有找人手段了。畢竟連殷鳴切掉的可是同一分部後備支援的聯繫。

想當初皇甫洛雲還想仰賴這個方便的聯繫到處找人，但這回聯繫被切斷，他也沒在連殷鳴身上放追蹤符。

這下子，要找人也找不到了。

皇甫洛雲無奈之下，只能拿出通訊符，看看連殷鳴會不會賞臉接聽了。

「嗡。」

手中的通訊符發出嗡嗡聲，那是接通的音訊，皇甫洛雲趕緊大喊：「鳴，你在哪裡？」

通訊符發出嗡聲回應，內中透出拒絕的話語，皇甫洛雲又道：「分部長叫我跟你一起行動，你在調查嗎？位置可以給我嗎？」

符紙中沒有透出訊息。

連殷鳴切斷訊號了。

「……」

面對連殷鳴這舉動，發了一會呆。後來靈光一閃，皇甫洛雲默默拿出冥鐮，看著自己召出的鐮刀說著：「帶我去鳴在的地方。」

說完，冥鐮一揮，割出一條通道，皇甫洛雲隨即跳入。

當他從通道走出，恰好連殷鳴就背對他走在前方，正欣喜想要與他打聲招呼，卻看到一道黑影從旁竄過，皇甫洛雲瞠大雙眼，下意識揮動手中鐮刀，一聲聒噪的叫聲刺入耳內，他閉緊眼，摀住耳朵，並跳到旁邊。

轉頭看去，那發出叫聲之處沒有任何東西，他摀住一隻耳朵，打量周圍。

「咦？」

連殷鳴突然消失了，地面像是剛鋪過新的柏油一樣，黑得發亮，但這亮度卻有些弔詭。那是極深的黑，光線照入地面，沒有透出那一絲晶亮感，陽光像是被黑暗吞噬一般，地面只有全然的黑。

周圍的空氣十分壓抑，偶爾地面不時有黑絲竄動，皇甫洛雲單手握緊冥鐮，思考要怎麼對付疑似潛藏在內中的「東西」。

「咻！」

思考之際，破空聲猛地響起，地面中央有一只折疊的黃色符紙，上面紅色硃砂印亮起，符紙像是被灌入空氣一般，從內向外地爆破。

「嘎——」

尖銳的叫聲再度響起，皇甫洛雲看到眼前的空氣出現了歪斜，扭曲的空氣內顯現出潛藏在內中的陰間道路，可以看出模糊的人影。

這個人就是偷襲他的人？

皇甫洛雲立刻提起冥鐮，朝那歪斜處跑去，鬆開摀住耳朵的手，雙手持鐮朝扭曲處砍去——空間霎時一分為二，內中的怨氣找到了宣洩出口，立即噴發而出，皇甫洛雲被內中的怨氣正面撞擊，朝後仰倒。

當他重重地與地面接觸時，他看到有一道白色的軌跡從上方穿過，接著他看到連殷鳴快步走到他的身旁，一手持槍，戒備著他的前方。

皇甫洛雲趕緊跳起身，方才歪斜扭曲的空間慢慢在他的眼前完全消失。

「……庚。」

連殷鳴張起唇，看著前方，不帶感情地吐出這個單詞，但不知道為什麼，這嗓音讓皇甫洛雲覺得很沉重。

「那個……」氣氛壓抑到一點聲音都沒有。

皇甫洛雲心知此時不宜開口，但滿腹的疑問還是要宣洩而出，但一開口，皇甫洛雲又後悔了。只見連殷鳴收起手中的槍，目光冷冽地瞥向皇甫洛雲。

這一瞧，皇甫洛雲縮了脖子，像是做錯事的小孩一樣，微動嘴唇，發出蚊蚋般的嗓音，但話語都無法從唇中溢出。

對不起。

想說這句話，但無法說出口。

連殷鳴看了許久，哼聲道：「我不是說不要來？」對於說話不聽當耳邊風之人，連殷鳴一點也不想跟他客氣，但更讓他疑惑的莫過於出現在這裡的皇甫洛雲。

這傢伙到底是怎麼來的？

皇甫洛雲看著連殷鳴，緊張地冷汗直流，面對突然分外警戒自己的同事，他很想要舉雙手投降。

連殷鳴上下打量著皇甫洛雲，最後目光直勾勾地停在白色鐮刀上頭。「菜鳥，你用了追蹤符？」這是為了確認而提出的問題。

「沒、沒有。」皇甫洛雲否定。

「是用器具？」連殷鳴暗自打量自己周圍，的確如皇甫洛雲所言，他確定身上沒有追蹤符的痕跡，又問。

「對，我用冥鐮開道走陰間路，這才找到你的。」皇甫洛雲點頭，立刻將那些不快拋諸腦後，說話的口吻充滿著得意。

他成功讓連殷鳴啞口無言啦！

原本只是懷疑——畢竟皇甫洛雲的器具很特殊，但一確定答案時，連殷鳴頓住。「……我沒聽過器具有這個功能。」

「我也不確定有這項功能。」皇甫洛雲老實回應。這只是靈光一閃而已，他沒想到會成功出現在連殷鳴的面前。

「回去！」立刻，連殷鳴下逐客令。「剛才的狀況你也看到了，你根本無法應付，你還是自己調查，我們兵分二路。」

「這是分部長的命令。」皇甫洛雲認真說著。難怪柳逢時笑著推出自己，八成是有什麼不好的預感。

方才的危險皇甫洛雲記憶猶新，但相較連殷鳴一人行動的危險性，兩人行動還能互相關照。

「柳才不會要你跟著我，他只會隨便我。」

面對連殷鳴如此相信柳逢時會放任自己的宣言，皇甫洛雲只有想要遠望的衝動。

「這次真的是分部長叫我來的。」

畢竟這不是謊言，皇甫洛雲說得理直氣壯，底氣十足。

但偏偏他遇上了的是不管占不占理，自己絕對是對的連殷鳴。

「滾！」

「我想要找出傷害學長的凶手，分部長也准了。而且你不覺得奇怪嗎？從我進來分部起，就連續發生案子……說不定這些案子是有關連的吧？就算我照你的意思離開，也許我還是會出現在你的附近——因為我們分開調查，最後一定會匯聚在一起，既然大家目的一致，一起去又不會怎樣，反正我們又不是第一次合作處理工作。」

雖然一切都只是猜測而已，但是想想也真的是太巧了，皇甫洛雲厚著臉皮一邊嚴肅說著，一邊更加堅定自己要追查的決心。

連殷鳴聽聞皇甫洛雲這席話，眉頭揪得緊緊的，但皇甫洛雲沒想到，連殷鳴下一個動作居然是拿出通訊符。

他瞠大雙眼，看著連殷鳴緊掐著黃符紙，惡狠狠地盯著通訊符，聽著符中傳來的嗡嗡聲，眸中的狠戾更加的深沉。

這讓原本底氣十足，可以跟著連殷鳴工作的皇甫洛雲頓時懷疑……他是否該腳底抹油逃走呢？

還好，正當皇甫洛雲暗自決定要逃跑時，他就看到連殷鳴恨恨地將通訊符往地上甩去。輕飄飄的符紙緩速飄落，連殷鳴用力將它踩下。

大力的踏地聲刺入皇甫洛雲的耳中，他嘴角抽搐，看著怒氣值滿點的連殷鳴接下來有什麼動作。

「這件事柳跟甄宓那女人聞到了不尋常的味道。」

面對連殷鳴這跟形容動物沒啥兩樣的言詞，皇甫洛雲只能乾笑以對。「所以呢？」看連殷鳴像是踩也嫌不夠，還乾脆將通訊符燒得粉碎，估計連殷鳴這次火大的原因不只那段話的內容吧？

「菜鳥，要跟就不要礙事。」

這段話咬牙切齒地從連殷鳴的唇中溢出，看來這是讓連殷鳴氣急敗壞的原因？

「感謝感謝。」皇甫洛雲也不想戳破，雙手合十，感謝說著。

「如果再有剛才發愣的狀況，我會把你敲昏。」

連殷鳴煩躁嘖聲，並落下威脅話語。

對於柳逢時的決定，連殷鳴惱歸惱，還是尊重柳逢時的決定。但也因為這聲妥協，皇甫洛雲這也鬆了口氣，打量著周圍查探是否有異狀，讓連殷鳴不會覺得帶著他也是個拖油瓶。

「嗚，我們現在是要直接找出凶手？」皇甫洛雲目光停頓一處，那裡有著一團不起眼的扭曲，回想他出現在連殷鳴所在地——去除那個黑影部分，當時連殷鳴似乎要朝那處地方走去？他思忖些許，指著那處地方，刺探問道：「還是我們去調查那地方看看？」

這話讓連殷鳴挑起了眉，「菜鳥。」

「是。」不知怎地，皇甫洛雲嗅出了山雨欲來的恐怖氛圍，兀自後悔自己怎麼沒先逃呢？

「你知道我為什麼會要你不要過來嗎？」連殷鳴冷哼，殺氣十足的話於讓皇甫洛雲無法假裝沒有聽見。

「我在忙的時候是不允許有人半途殺入的。」冷逸的話語從連殷鳴的唇中溢出，「先前我說過，我做什麼你都不要有意見，你忘記了嗎？」

「……沒有。」皇甫洛雲搖頭。

雖說他沒有忘紀，但那時的狀況皇甫洛雲真的懷疑那只是連殷鳴的藉口。畢竟他也只說「沒空」這兩個字，依照當時狀況也很難讓任何人信服。

「算了，事情都發生了，也不能說什麼。」連殷鳴撇頭看向有著扭曲歪斜之處，半瞇著眼，放棄搖頭，「依照庚的個性，這應該是幌子，他的行蹤也在我發現的時候全都消除了。」

——庚。

又是這個詞，第一次可以當作幻聽，但第二次聽到就不一樣了。

「他是誰？」皇甫洛雲問。

「哼。庚就是庚，還會有誰？」連殷鳴勾起唇，露出不屑的神情瞟看皇甫洛雲，「你不是要找砍你學長凶手？他就是武倉庚，這次任務必找的對象。」

瞧連殷鳴一臉鄙視，皇甫洛雲不甘示弱地聳肩攤手，他是剛出現的人，怎麼可能會知道對方就是武倉庚？

皇甫洛雲望向扭曲處，說道：「既然是幌子，你要放棄？說不準他還在那邊呢！」看連殷鳴一臉非常了解武倉庚的模樣，皇甫洛雲也可以斷言武倉庚會反利用連殷鳴對他的認識。

連殷鳴沒有出聲，他轉過身沒有搭理皇甫洛雲，手支著下巴看著扭曲消失點沉思。過了許久，連殷鳴便往那不明顯的扭曲處走去。

皇甫洛雲見狀，立刻追了過去。若是讓連殷鳴隻身一人跳入裡面，把他扔在外面那要怎麼辦！

連殷鳴淡淡地朝後面瞥了一眼，或許這次讓菜鳥跟著他一起行動，意外地避免很多的麻煩！

冥使追查怨魂有各種方法，但也會跟著怨魂的強度而會有部分難度與困境。但還好，追怨魂的困難不會出現在一種既定的狀況下，那即是——追蹤冥使。

冥使追冥使有各種方法可尋，其中一種是用追蹤符，而另外一種最為便捷的就是分部長的冥鏡。

那是分部長掌握自己分部員工的好用道具。皇甫洛雲自己可是深深體驗過。

另外，只要追蹤符記號下在被追蹤者的身上，只要喊名也一樣可以使出符咒效果。但這次他們要追蹤的是蕭分部的冥使，縱使他們有通天的本領，也沒辦法直接找出對象。

「要用冥鐮追人？」

皇甫洛雲聽完連殷鳴的計畫，心想這是不是新的欺負人把戲。

「既然你可以靠器具追我，一樣可以追庚。」這是連殷鳴的推論。

連殷鳴這話說得理直氣壯，皇甫洛雲腦袋瞬間當機了一下。方才要他不要跟上的人，現在滿腦子都是想要藉著他去找人？這會不會太扯了一點！

可能皇甫洛雲的心裡話完全顯示在臉上，連殷鳴嘖聲道：「幫不上忙就滾，我不需要礙手礙腳的人出現在我的身旁。」

皇甫洛雲聞言，理解點頭。他沒想到連殷鳴居然這麼認真的幫他想自己的用處。他拿出器具，正打算照著連殷鳴的意思找人。

皇甫洛雲想了一下，看向自己的器具。的確，換個角度想，其他冥使應該也可以追蹤到。但他有個技術性上的問題，沒有武倉庚的蹤跡。

只是架式才剛擺了出來，皇甫洛雲頓身尷尬地撇向連殷鳴，說出自己遭逢的技術性問題。

「我沒見過武倉庚，我要怎麼追？」

沒見過的人是無法追蹤，因為對方的樣貌無法在他的腦海裡出現既定影像，如果他有看過照片那倒是可以試試，可他是直接出來追連殷鳴，自然也不會與柳逢時拿資料讀了。

「我給你。」連殷鳴抬起手，掌心浮現一張黃符紙，他將手貼在皇甫洛雲的額頭，讓他「看」到武倉庚的樣貌。

隨即，連殷鳴鬆開手，對皇甫洛雲問道：「可以走了吧？」

皇甫洛雲瞥了連殷鳴一眼，用力點頭。

他抬起持著冥鐮的手，朝原本出現歪斜之處揮斬下——

道路浮出，但這次不是出現通道，而是宛如推開院子大門看出去一般的景緻。以往打開陰間路面對的是漆黑的通道，但這次他可以清楚的看到割開之處出現了地方的樣貌。

那是一處街道巷弄，路燈的燈光搖曳，明明是白天，但對面卻是黑夜。

連殷鳴見狀，眉頭皺緊，先是仰頭看著天空，然後將目光挪移到對面切割而開的空間。

對於皇甫洛雲的成功，連殷鳴沒有特別讚譽或是說出什麼鼓舞人心的話語。

他沉著臉注視著開啟的空間道路，皇甫洛雲面對這突然襲來的凝結氣氛，緊張地看向連殷鳴懷疑他是不是做錯了。

「……道路有點怪。」連殷鳴手抵著下巴，抬眼注視著皇甫洛雲開闢出來的陰間道路，思考自己該不該踏入其中。

「呃！」瞬間，皇甫洛雲不知道該如何回應，單憑片面資訊還是無法前往正確地點吧！他撇頭望向連殷鳴，似乎打算尋求對方意見。「要進去嗎？」

如果連殷鳴懷疑內中有鬼，他倒是不介意自己進去看看啦！

「走了。」連殷鳴拍了一下皇甫洛雲的肩膀，直接往裡面走去。

這讓皇甫洛雲透出納悶神色，他完全不懂連殷鳴到底想怎樣。但還是跟著連殷鳴一起踏入其中，當他要踩上冥鐮開啟的道路上時，走在前方的連殷鳴迅速拋下符紙，讓符紙自動貼到皇甫洛雲的身上。

陰間道路讓皇甫洛雲感覺走得有些漫長，他是有在走路，還是沒有呢？時間的流逝讓他覺得有些緩慢，前方猛地閃出一道白光，光芒映得讓他不得不遮起眼睛，眼中異樣的光芒刺痛感消失時，皇甫洛雲這才重新睜開眼。

直線的白色道路浮現在腳下，連殷鳴摸索口袋拿出數張符紙在手中搖晃，側著身，對皇甫洛雲說：「菜鳥，砍這個。」

「這啥？」皇甫洛雲呆滯問道。

「轉移符。」

「去哪？」他又問。

「……連結的地點和時間出了點問題，看來我們中了庚的招。」連殷鳴哼聲道，「砍這個可以平安出去。」

皇甫洛雲聞言，照著連殷鳴的意思將符紙砍成兩半，符紙碎裂的一瞬，黃光炸出，包裹住他們，僅在眨眼一瞬，皇甫洛雲便看到他們來到蕭分部的管轄地盤之上。

「嗚！」皇甫洛雲沒想到連殷鳴膽大包天……不對，他本來就是這樣的人，直接大剌剌地出現在蕭分部附近好嗎？

雖然他們是名正言順的調查，說不準那邊的人對於他們的行動只有想要蓋布袋的衝動。

「幹嘛?」連殷鳴淡淡地瞟了皇甫洛雲一眼,說話口吻完全聽不出任何的不妥,「蕭分部不是無力處理,委託我們幫忙?來案發地點調查是基本常識吧!」

「……這時間,有證據也該被毀到沒證據了吧!」

蕭安聞醒來也是最近的事,如果蕭分部沒有任何行動,武倉庚也有足夠的時間把現場清理數次了。

「就算如此,也要找不是嗎?」連殷鳴聳肩道:「說不定他想要把調查者全都滅個精光,刻意留一兩個線索讓人掉下去。」

「武倉庚有這麼心機?」皇甫洛雲詫異道。

「依照我對他的了解,是有可能。」

聽聞這席話,皇甫洛雲對連殷鳴和武倉庚的關係又好奇了幾分。

和連殷鳴認識久了,憑連殷鳴的個性,會用單字稱呼對方的人少之又少。他們鐵定認識,皇甫洛雲心底想著。

或許這就是柳逢時會要他跟著的原因。

難不成連殷鳴面對認識的人,可能會發生尚失理智的狀況?

「鳴,你不覺得那地方很怪異?」

腦海浮出宛如黑夜的案發地點狀況,他嗅出不對勁的氣味。

那處地方爆發了強大怨氣,但卻沒有任何怨氣的蹤跡。

「怨氣消失得太乾淨。」連殷鳴了當地說出皇甫洛雲心中疑問。

聽說案發當天爆發出來的怨氣很濃厚，蕭分部在案發地點找到了重傷的蕭安聞，但理應被怨氣盤踞，周遭應該要有黏稠難聞的黑色怨氣，可附近卻乾淨到連個渣都看不見。

他們不相信一位沒有與人組織，單兵模式偷竊的冥使會有什麼特殊手段讓怨氣可以一次爆發，又可以一次消失。

若真的是武倉庚所為，他到底是用什麼方法讓怨氣消失？

他偷走戒珠的目地是什麼？

對於武倉庚掌握之物，他們一定要搶回來，畢竟戒珠收藏的怨氣放在人間會成為禍源，而武倉庚所使用的手法也耐人尋味。

戒珠收存之處只有分部長得知，分部的員工們都不會知道，而武倉庚居然可以準確地襲擊戒珠收存之處，還可以將蕭安聞打到差點掛掉。

分部員工若是有這般實力，早就成為分部長了。怎麼可能會屈居於一般員工的職務呢？

而皇甫洛雲真正在意的，還是連殷鳴所透露出的信息。

怨氣消失，亦即代表著有人帶走了那些怨氣。

真是如此，那麼這件事可非同小可，嚴重性可能比先前他所遭遇到的社區生死失序的事件還要嚴重。

畢竟怨氣不是說要帶走就可以帶走。

一者是用戒珠收存，若是此因，代表有蕭柳分部之外的人前往處理。但這沒有任何分部回報，除非是有人刻意隱匿，否則這一點是不可能發生。

最後，則是皇甫洛雲目前所遭遇到最有可能的選項——

有什麼人將怨氣吃掉。

若是最後一種，那麼，依照從最近發生的狀況來推斷，這件事或許就跟姜仲寒有什麼關係……

貳・關聯　上

來到案發現場，皇甫洛雲看著眼前的景色，心底十分納悶。

天空的色彩十分詭異，黑裡透紅，又夾雜藍白色的雲端，這讓皇甫洛雲揉了揉眼，又查看周圍，因為他所在之處的附近巷弄十分乾淨，但上空與地面的反差讓他無法不正視這極端的樣貌。

皇甫洛雲打算問連殷鳴接下來該怎麼處理時，天空裂出一個大口，無數個黑色怨氣如黑雪一般，從上方降下。

黑色的怨氣物質掉落在地上，落地又飄起，飄揚在空氣中，皇甫洛雲一臉不舒服地揮動冥鐮，一條條白色軌跡侵蝕著黑色怨氣，隨著他的手勢，原本凝結的空氣變得更加滯礙。

皇甫洛雲見狀，眉頭皺得更緊，他將雙手高舉交疊握住冥鐮，打算用揮擊方式將怨氣驅逐。正當皇甫洛雲要動手時，連殷鳴一把抓住皇甫洛雲的手腕。

他看著來到身旁阻止他的連殷鳴，出聲問著，「怎麼？」

看到怨氣不除，一點也不像是連殷鳴的作風。

連殷鳴看皇甫洛雲有鬆口打算，這才將手收回。

「有古怪，先看看。」

皇甫洛雲沒辦法之下，只能照著連殷鳴的意思，跟在他的身後「看看」。

只是看連殷鳴一臉不悅，像是有人欠他十幾萬一樣，皇甫洛雲不禁懷疑這裡的怨氣是不是影響了他。

猶豫許久，皇甫洛雲決定提起勇氣提醒連殷鳴，他抬起手，正要朝連殷鳴的肩頭拍下，這一靠近，讓皇甫洛雲發出怪聲。

「咦？」

他看到什麼了？

正要拍下的手霎時收回，但也因為這靠近又抽回的動作引起了連殷鳴的注意。

「突然靠近我想做啥？看不出所以然的話，你還是滾吧！」連殷鳴重重挑眉，冷冷說道，加快腳步往前走。

皇甫洛雲啞口無言，維持著收手的動作。

他只是想要提醒連殷鳴，但看到在連殷鳴皮膚上的白色薄膜，這才詫異出聲和收手。

「喂！鳴，等我一下！」

雖然知道這次案子可能對連殷鳴意義非凡，但見連殷鳴脾氣更加陰晴不定，皇甫洛雲只得乖乖一邊喊一邊追上，他可不希望自己跟著連殷鳴還被當成空氣處理呀！

——雖然他忘記是他方才的動作引起連殷鳴的不快。

可走沒幾步，連殷鳴突然停下腳步，皇甫洛雲還以為連殷鳴想開了要等他，卻沒想到他下一個動作是抬手阻止皇甫洛雲前進。

「怎麼了？」

皇甫洛雲納悶向前左右張望，附近沒有什麼東西，沒有任何奇怪的地方，連殷鳴是阻止他啥？

「菜鳥，看不出來？」連殷鳴瞟了皇甫洛雲一眼，隨即將視線移到附近，「這裡是怨氣爆發的地點。」

皇甫洛雲露出詫異神色張望附近，這個地方這麼乾淨，連個怨氣痕跡都看不到，怎麼可能是怨氣爆發地點？

他忍不住懷疑連殷鳴是不是故意耍弄他，只要他說不知道的話，連殷鳴便有理由將他趕走。

「物極必反，越是看不出越是有問題。」

連殷鳴揚手拿出黑色手槍，槍口隨手比去，扣下扳機，槍口射出一道白色的軌跡，順著白痕望去，包裹的黑暗出現歪斜，浮出無數個怨靈張起血盆大口，揚起利牙尖爪大聲喧囂：「嘎——啊啊啊！」

共鳴的合音讓皇甫洛雲抬起雙手遮住耳朵，他感覺自己的耳膜快被這些聲音刺破了。惡靈紛飛，連殷鳴勾起唇，露出「果然」的神情。

彷彿一切都在連殷鳴的計算中。

明明怨靈齊嘯的畫面令人驚悚，皇甫洛雲卻感覺不到連殷鳴身上有什麼危機感，從他身上只看出滿滿的自信。

可能是皇甫洛雲在思考連殷鳴行徑頗久，沒有注意到連殷鳴的眼神暗示，連殷鳴等到耐心快沒了，他的眉頭重重上挑，張唇提醒皇甫洛雲，但話還沒說出，周圍倏地傳來物品碰撞聲。

連殷鳴眼眸頓時一厲，抬手持槍指向聲音發源地，而皇甫洛雲也召出冥鐮，刀口指向聲音處並戒備著。

「唰！」

遠處又傳來些微衣服的摩擦聲，這聲一出，連殷鳴縮起瞳孔，立刻轉身。

「在這裡！」

連殷鳴動如脫兔，急起直追，他為了縮短追擊距離，一手持著器具，俐落地跳過短圍牆。皇甫洛雲張大嘴，看著跟奧運選手跨欄沒啥兩樣的動作，深深覺得連殷鳴也太……恐怖了吧！

面對連殷鳴疑似去追人的高效率動作，皇甫洛雲看了一下周圍，疑似有鬼的對象連殷鳴已經去追了，那這邊應該可以淨化了吧？

冥鐮揮動，白色的光點落下，將天空的異狀消除，黑暗撕碎，天空顯現出星芒。不知何時，時間來到了晚上，皇甫洛雲垂下眼簾看著左腕的手錶時間。

時間來到約莫十點，看著手錶顯示的時間忍不住皺緊了眉。

是時間過太快了？他感覺自己沒有時間飛逝的時感。

遠處傳來激烈的金屬碰撞聲，皇甫洛雲聞聲立即衝過去。

皇甫洛雲打開陰間路縮短前往連殷鳴所在位置，一出來他就看到連殷鳴灑出符紙，攻擊前方的黑色人形。

看不清楚人形的長相，人形被黑色怨氣包裹著，像是鎧甲將那人保護緊實。連殷鳴似乎看穿了這一點，先用符咒將怨氣鎧甲打散。

皇甫洛雲見狀，揮舞冥鐮先發制人！冥鐮耀起光芒，如雪一般的白芒浮現在冥鐮周圍，他揮動鐮刀，將白芒甩到人形身上，光芒與人形接觸的瞬間，並沒有皇甫洛雲預料那種爆炸感，反而黏附在人形的周身，發出侵蝕的「吱吱」聲響。

「……媽呀！怨氣竟然這麼厚，冥鐮都劃不下去……」見狀，皇甫洛雲一邊冒著冷汗，一邊持續攻擊。

有了皇甫洛雲干擾怨氣增加速度，一旁的連殷鳴拋出最後幾道符，抬起持槍的手，食指扣在扳機上，對準人形的眉心扣下——

「砰」地開槍聲劃破夜空，人形直挺挺地朝後仰倒，皇甫洛雲準備衝刺到連殷鳴所在之地，在有所動作時，他聽到了令他下意識停下動作的聲音。

「鈴！」

鈴鐺聲在空無一人的巷道間突兀迴盪著，皇甫洛雲聞聲，咬了咬牙停頓在原地猶豫片刻，看見倒下的人形再也沒有動作，決定轉身追這鈴鐺聲。

在哪裡？皇甫洛雲到處張望，尋找聲音蹤跡。

空靈的鈴鐺聲彷彿是在天上搖晃，無法判定實際位置。

皇甫洛雲頓了一下身，猶豫是否要繼續往前，還是要去追這鈴鐺聲。

鈴鐺的聲響清晰地刺入腦海，像是催促著皇甫洛雲快點去追它。空靈的鈴鐺響聲也越來越清晰，就連前方的連殷鳴也聽見了，他皺緊眉，朝皇甫洛雲看了一眼。

連殷鳴張起唇，似乎想要說些什麼，皇甫洛雲見狀，便還是決定無視連殷鳴，直接跑了過去，但才跑沒幾步路，原本倒地的人形所包裹的怨氣向上竄起。

「鈴！」

鈴聲驅動著人形周身的怨氣，人形身上的怨氣猛地爆發朝連殷鳴方向捲去，皇甫洛雲下意識看向連殷鳴，瞧見連殷鳴對他使眼神。

——這傢伙我可以應付。

看來並非他自己幻聽，連殷鳴也點頭了，皇甫洛雲立刻去追傳來鈴鐺響聲之處。以免連殷鳴對付的人形一直被鈴聲驅動，像打不死的蟑螂一樣，怨氣不斷地附著上去。

皇甫洛雲立刻轉身去追鈴聲。

這鈴聲讓他心底有個很大的疑惑，只因為這聲音太像了。

縱使每個鈴鐺所晃動的聲音幾乎一樣，也聽不出哪裡不一樣，但鈴聲能夠讓怨氣爆發這一點，讓皇甫洛雲確認那是與先前社區生死失序的鈴聲是一樣的。

他想起在那社區，劉昶瑾對付那社區事件的幕後主使者，一把從天而降的黑色鐮刀將男子一分為二，鮮血噴濺而出，劉昶瑾也被這一刀而被鮮血沾滿了身。

那時的震驚讓皇甫洛雲花了很多時間消化，他以為那鏽蝕且裝滿異質的「深淵」之物，在那起事件後也隨之消失。

如果他出現在這裡，是為了這裡的怨氣？或者還有其他？

或許這原本是引發怨氣之地，雖然一段時間沒有怨氣靠近，乾淨得讓人覺得詭異，但此時此刻，他們來到了此處，卻又被怨氣包圍。

皇甫洛雲也注意到那鈴聲果然是衝著他來，他收到連殷鳴追蹤許可，一遠離連殷鳴，鈴聲響起的次數越來越多，似乎真的想要刻意將他調開連殷鳴的身邊，讓連殷鳴一人面對那人形。

「冥鐮，引路吧！」

不祥的預感溢滿了腦海，追人這檔事一定要速戰速決。他揮動鐮刀，立即跳入冥鐮劃出的陰間路，但一穿出來，竟然來到蕭分部的分部所在地！

皇甫洛雲還在訝異眼前景色，鈴聲也在他跳躍到蕭分部的同時，消失殆盡。果真是這樣！皇甫洛雲頓時覺得後悔，他立刻劃開陰間路跳回去，他抓緊鐮刀，朝與連殷鳴纏鬥的人形砍去。

鐮刀耀起白光，將人形身上的怨氣砍落，包裹的暗色消退，人形顯露出真實樣貌，那是身穿冥使服飾的男子，表情陰鬱，他的目光完全不在位在自己身前的皇甫洛雲身上，雙眼直勾勾地放在連殷鳴身上。

「武倉庚？」皇甫洛雲立刻大喊，心底只有滿滿的訝異。

對於皇甫洛雲的叫喚，武倉庚卻沒有搭理，他的腳底浮現出黑色圓圈，冒出黑色的泡泡，那像是即將噴發的液態黏稠物體、又像是具有意識的物質，盤附在腳上不斷地往上爬。

連殷鳴瞧見武倉庚腳下的異變，向後一跳，黑色手槍重新上手，俐落地朝武倉庚開了兩槍，武倉庚在槍聲響起的瞬間，搶先有了動作，他的手抬起，一把短刀驀地浮現在他的掌中，刀尖包裹著怨氣朝他們方向襲去，皇甫洛雲見狀，下意識地抬起鐮刀朝武倉庚揮去，以免對方的短刀朝自己身上招呼過去。

鐮刀與短刀即將交錯的瞬間時——

「鈴！」

消失的鈴鐺聲又硬生生地刺入皇甫洛雲的耳中，一顆鈴鐺驀地從天而降，那宛如刻意為之似地，鈴鐺被鐮刀的刀尖劃破，內中瞬間湧出大量的怨氣。

皇甫洛雲和武倉庚在這瞬間被黑色黏稠的怨氣包圍，化成一顆巨大的黑繭，跟連殷鳴隔絕開來。等到白色的光芒從黑繭內中擠壓而出，怨氣被鐮刀的白芒驅除後，武倉庚的身影卻消失其中，只剩下皇甫洛雲一人站在白光爆炸點的中央。

只見皇甫洛雲滿臉問號地望向連殷鳴，面對來到案發地點，突然出現的對象就這麼消失了，皇甫洛雲心底只有滿到快要溢出的諸多疑惑。

「菜鳥，剛剛你追上去時，看到什麼？」

連殷鳴對於武倉庚的消失完全沒有任何表示，走到皇甫洛雲的身旁，拋下了這句話語。

「呃……蕭分部。」皇甫洛雲尷尬扒抓頭髮，對於自己出現的地點，幾乎難以啟齒。

這聲回覆，也讓連殷鳴挑起眉，發出玩味的話語，「哦，挺有趣的。」

這讓皇甫洛雲立刻朝連殷鳴看了過去，背脊也一陣發涼。

這……嘴上說得很有趣，但看起來不像這一回事呀！

「我們要追嗎？」皇甫洛雲晃動冥鐮，他們接下來是要闖蕭分部呢？還是要繼續追查武倉庚的下落。

但皇甫洛雲炸掉了那突然冒出的鈴鐺怨氣，連武倉庚身上夾帶的怨氣也滅得精光。皇甫洛雲頭痛了。

這讓他斷定自己不應該手殘滅得這麼快。現在他只能乾巴巴地望向連殷鳴，看他接下來要怎麼行動。

「先跟柳說一下。」

連殷鳴拋下讓皇甫洛雲摸不著頭緒的話語，摸了身上所有口袋一下，手朝皇甫洛雲伸了過去。

「幹啥？」皇甫洛雲向後退數步，思考連殷鳴這動作的意思。

「通訊符。」

連殷鳴對於連這一點細節都看不懂的皇甫洛雲，有一種想要直接把他槍斃的動作，當然，連殷鳴一說完，皇甫洛雲依然頂著那癡呆臉看著自己，連殷鳴還是拿槍抵著皇甫洛雲的腦門，用武力脅迫皇甫洛雲交出通訊符。

只見皇甫洛雲露出一臉快被謀殺的悲愴神情，乖乖地交出通訊符。

連殷鳴從皇甫洛雲手中接下通訊符，發動手中的符，談話對象自然是柳逢時。符紙接通連殷鳴正要開口時，符紙發出嗡嗡聲。

「沒什麼，我的通訊符壞了而已。」

皇甫洛雲看著連殷鳴說出這句話，看來，柳逢時對於連殷鳴不拿自己的通訊符，劫走皇甫洛雲的與他談話頗有微詞。

「你想怎樣。」連殷鳴不滿挑眉，「菜鳥跟著我不就是你的意思？我腦子沒殘，還懂輕重緩急。現在的重點是，那鈴又出現了，這次追到蕭分部前就斷了，你打算怎樣？」

然後，又是停頓。

連殷鳴雙目瞅著通訊符，冷冷哼聲。

「挺有自知之明的，就交給你了。」

語落瞬間，連殷鳴將通訊符的聯繫截斷，然後將符紙拋給皇甫洛雲。

「怎麼了？」從連殷鳴和柳逢時的交談中，皇甫洛雲聽不到任何一句針對蕭分部、武倉庚或是姜仲寒的相關信息。

「柳有工作了。」

「這樣？」

連殷鳴說得清淡，但可惜皇甫洛雲並未學會他心通這等技能，對於連殷鳴這席話，他只有「這位大哥可否說點人話？」的感想。

連殷鳴哼出長氣，冷淡說道：「柳本來就打算查蕭分部，這種動腦的工作交給他跟甄宓就好。」

「那我們接下來要怎麼辦？」

皇甫洛雲心底囧到極點，他們現在沒有線索呀！

「找人。」

連殷鳴說得簡潔有力，沒有再多說幾句話，打開陰間路頭也不回地踏入其中，對於連殷鳴葫蘆裡到底是賣什麼藥完全不清楚，他只知道跟過去才曉得連殷鳴到底目的為何。

「叮鈴！」

等到皇甫洛雲踏入連殷鳴開啟的陰間路後，瞬間，周圍傳來鈴鐺的響聲。

一抹身影倏地出現在皇甫洛雲方才所在之處，他手持著黑色鐮刀，默默地看著那處開啟的陰間道路。

綁縛在黑色鐮刀之上的鈴鐺又響，但那清脆的聲音無法打入他的心或著腦海裡，他像是內中早已被掏光的人偶似地，然後，抬起手中黑色鐮刀，朝那處消失的陰間道路所在位置，輕輕地將鐮刀劃下。

黑色的道路硬生生打開，隨即跳入其中，而當他進入後，裂縫也在這瞬間合併關上。

就在連殷鳴和皇甫洛雲決定繼續找人的當下，此時的柳分部中，柳逢時雙手十指交疊，手肘抵在辦公桌上陷入沉思。

「柳，你找我？」

甄宓踩著輕盈的步伐，來到柳逢時身旁，她手搭在桌上，坐在桌上，低著頭看著正思考的柳逢時。

「宓兒，妳這樣坐著我很有壓力。」柳逢時抬起眼，笑笑說著。

「你要我查的那個……」甄宓晃晃手，唇音停止，望向別處。

瞧甄宓發呆的模樣，柳逢時看在眼裡，他朝甄宓所看的地方瞥了一眼，無奈哼出一口長氣，抬手朝甄宓的眼睛揮了揮。

「宓兒，回神。」

柳逢時揮了好幾下，這才讓甄宓抽回視線，重新放在柳逢時身上。

「別吃醋。」

甄宓還沒開口，柳逢時又拋下這席話。

「……誰會跟冥鏡吃醋呀！」甄宓翻了翻白眼，露出不悅神色。

理應在抽屜之中的冥鏡，被柳逢時安在窗戶旁，看著自動飄浮在空中的冥鏡出現在那裡，著實讓她愣住。

「柳。」甄宓想了一下，有個合理的問題想要請教柳逢時。

只是說出去又有些怪異，甄宓喊了一聲，又閉嘴不說半句話。

柳逢時抬起眼，鬆下一隻手，單手托腮看著甄宓，忍不住發出噗哧笑聲，「宓兒，欲言又止不像妳的風格呀！」

「有話直說比較像我是吧？」甄宓挑眉，佯怒道：「柳，你在跟誰談話？」

冥鏡不是架在窗戶邊，也不是擱置地上，飄浮在空中的意思代表著冥鏡正在運作。合理的推斷是，柳逢時一臉沉思模樣應該是正在通話的對象害的。

『別說的我是加害人的模樣，我才是苦主。』

冷淡的嗓音從鏡中傳出，甄宓聞言立刻從辦公桌上挪下身子，走到窗邊拿起冥鏡，「柳，你在跟這傢伙說了些什麼？」

冥鏡果然沒有關閉，與柳逢時正在「熱線」的人正是劉袓瑾。

「沒什麼呀。」柳逢時輕揚手，冥鏡從甄宓的手中抽離，自動飛到柳逢時的手中，並將冥鏡的聯繫切斷，並將冥鏡收回放入抽屜之內。

這讓甄宓忍不住出聲吐槽，「柳，每當你越說『沒什麼』，就一定有什麼。」

甄宓看著柳逢時，就是要等他接下來想要說什麼辯解的話，誰之，柳逢時接下來的話只想要讓甄宓掐過去。

「好像是這樣呢！」柳逢時微微聳肩，一點也不像是被抓包的人，十分淡然自若。

面對疑似打算打啞謎到底，不打算先行公開計畫的柳逢時，甄宓雙手抱胸，等著柳逢時接下來想要做什麼。

看著甄宓閉緊著唇，半句話都沒有吭出，柳逢時瞅了甄宓許久，像是被打敗似地，搖頭道：「宓兒，妳覺得我聯繫劉袓瑾同學的用意是什麼？」

「劉分部長早八百年前就被發配到邊疆，他跟我們已經是標準的井水不犯河水，就算我們真管到海邊也管不到他。估計你找他不是因為皇甫小弟……但我想你也從劉分部長那邊也聽不出所以然來吧？」甄宓想了一下，最合理的理由也只剩下一個，「還是你在問蕭分部的事情?畢竟戒珠無端被劫，怎麼想都很奇怪。」

「聰明，真不愧是宓兒。」柳逢時彈起響指，笑著對甄宓道：「宓兒，我們也該出去晃晃了。」

甄宓聞言，指著置在中間抽屜的冥鏡，出聲問著：「柳，你問完的結論就是我跟你要出去晃?」這讓甄宓難以接受，聽起來的感覺像是他們都是劉昶瑾的部下。

「不。」柳逢時搖頭，給了甄宓離開分部的原因，「皇甫小弟那邊有別的狀況。嗚傳了訊息過來，說是他們疑似遇上第三方出手，刻意調虎離山，讓皇甫小弟追個聲音跑到了蕭分部。」

「柳，你的意思是……」甄宓手掩著唇，瞟向柳逢時，「你打算趁機會把蕭分部翻上一遍?」

武倉庚事件源自於蕭分部，雖然柳分部自願免費幫忙的主因在於連殷鳴，但撇開這些不談，對於案發至今也沒有動手的蕭分部，柳逢時對蕭分部內部的好奇心遠大於必須逮捕歸案的武倉庚。

「哈，妳不打算陪我這一趟嗎?」

柳逢時沒有正面回應甄宓的疑問，發出爽朗的開懷笑聲等著甄宓回覆。

面對柳逢時近乎無賴的反應，甄宓嘆氣搖頭，「我說不……你也不會准的吧!」

「是嗎?」柳縫時勾起唇，半瞇著眼回應道，「我倒是認為，妳根本就沒那個說『不』的打算吧?」

甄宓聞言，不滿嘟嘴。
她的心思果然瞞不了這個人呀！

參・關聯 下

連殷鳴懷疑，既然鈴聲斷在蕭分部，那邊說不定本身也有狀況的可能。

雖然姜仲寒沒有出現，但對於那個刻意引誘他前往蕭分部的鈴聲，而後又引爆怨氣的鈴鐺，就算不是姜仲寒所為，這也讓他懷疑有無名的第三方所為。

目前調查方向幾乎都倚靠連殷鳴的推測，但他們現在有個技術性的問題……

案發地點的突發狀況讓皇甫洛雲深深感覺自己看到了一個暴發戶，連殷鳴就這麼豪邁地將手中符紙拋光，他沒記錯的話，這是用來探索用符咒。為了防止不會有像是方才那樣的突發狀況，可以預先知道可能的周遭異狀動態，皇甫洛雲認為最好的辦法就是先休息……不對，是先補貨後繼續工作。

「嗚，我們要不要回柳分部補貨？」

皇甫洛雲鼓起勇氣提問，卻換來連殷鳴的黑槍掃射。

「嗚！」皇甫洛雲發出驚叫，他這同事的個性依然很差。從武倉庚跑了之後，連殷鳴就一直是這個模樣。

「別以為我不知道你想要趁機回分部休息。」連殷鳴像是那幾槍掃了他心中怒氣，收起槍，淡淡說道：「不過你也沒說錯，我也該回去補個東西。」

「……」皇甫洛雲瞬間無言以對，既然都要回去了，何必這樣對待他。

「我沒說要回分部。」連殷鳴又說，「多的符籙，你家有吧。」

這話讓皇甫洛雲愣在當場，瞬間囧到不行。

這意思是動腦動到他家了？

「你家……古董很多是吧？」

連殷鳴難得露出一抹笑，但這笑容皇甫洛雲可不敢恭維，這是要動他家古董腦筋的意思呀！

「拜託你放過我家古董啦！何況哪來的符籙？」皇甫洛雲淚目，若是一個不好，東西毀了，他也會被他家的人人道毀滅。

「皇甫秋清放古董的地方就有。」連殷鳴嘖聲道，「放在你家地下室的東西根本是廢鐵，我需要那些廢物做什麼。」

皇甫洛雲聞言，恍然大悟，原來連殷鳴是說目前是在他名下房產的爺爺舊店面呀！

「陰間之物可不是陽間之人能夠拿走的。」

「什麼陰間之物？」皇甫洛雲說：「我有去過耶，那裡是真的沒有東西……吧？」他突然想起一件事，立刻將話收回。

「有吧？」連殷鳴哼聲說：「這次換你帶路了，菜鳥。」

這話讓皇甫洛雲只有撞牆的衝動，看來，古董店這一趟是非去不可了。

……奇怪，這個武倉庚跟連殷鳴是不是有什麼恩怨？難得看連殷鳴這麼地想要找出一個人，不惜讓柳逢時「幫忙」蕭分部調查此事，甚至是要去他家挖寶……

皇甫洛雲默默地想，真是好奇這兩人的關係，整件案情也越來越不單純了。

面對有個便利十足的作弊道路——也就是陰間路，皇甫洛雲直接揮刀打開通往古董店的陰間路。

但他沒想到，鐮刀一揮，前方卻沒有打開道路的跡象。

「咦？」

皇甫洛雲詫異晃動冥鐮，意外地無法順利將道路直接連上，這讓原本還想要等皇甫洛雲打開前往古董店之路的連殷鳴沒了等待的耐心。

「菜鳥，再玩你就死定了！」

「我沒有玩陰間路呀！」皇甫洛雲哭笑不得，誰知道會發生這樣的狀況，他可是最不想遇到的人呀！

皇甫洛雲一邊揮動冥鐮，一邊苦笑看著連殷鳴，這般怪異行徑讓連殷鳴不得不重視皇甫洛雲那邊的狀況。

連殷鳴向前，揚手拿出黑槍，他低喊：

「絕。」

黑色手槍的槍身耀起光芒，泛出「絕」的篆體字，他按下扳機，立刻打破了透明的薄膜。這讓連殷鳴忍不住皺緊了眉。

看來他們不知不覺地被關入在一個死胡同裡。

但為什麼沒有人發現？

皇甫洛雲一樣望向連殷鳴，這樣低級的錯誤發生在他們……或是發生在連殷鳴身上似乎不太對。

連殷鳴沒有注意到皇甫洛雲的眼神，僅是將槍口指向天空，食指扣下扳機——

「砰」地一聲，槍口射出戒珠，然後落下時，一顆通體全黑的珠子在地面滾動，而隨即，一顆被射穿的鈴鐺落入地面。

看著地上戒珠與被破壞的鈴鐺，皇甫洛雲也沒有把心思多放在那上面，立刻揮刀打開古董店的道路。

這一開，狂風捲起，將皇甫洛雲和連殷鳴吸入其中。

強大的吸力讓他們來到一處陌生的地方，皇甫洛雲穩住視線，對於自己出現的地點感到納悶。

「……這裡是那裡？」皇甫洛雲愣住。

「這是我要問你的吧？」連殷鳴挑眉說著。看著地上有著褐色向前蔓延的道路，連殷鳴左顧右盼，然後又道，「這應該是皇甫秋清的『傑作』。」

收納冥界之物的古董店怎麼是一般世俗店面？

估計他們使用陰間路踏入古董店，變引起了內中的機制。

「看這樣子，應該是要我們走到底？」看著道路，皇甫洛雲惴惴不安。

他深怕自己就這樣被爺爺陰了。

「嗯。反正是拿你當鑰匙，這裡可不是人人都能來，一般會被擋在結界之外。」連殷鳴瞥了皇甫洛雲一眼，便往前走。

看著未知道路，皇甫洛雲一邊走一邊問，「嗚，反正我們也不知道會耗多久時間，你可以跟我說你跟武倉庚到底有什麼關係嗎？不然以你的個性，很少會這積極。」

連殷鳴聽到皇甫洛雲這席話，側著頭瞅著皇甫洛雲。

「你沒問柳？」

「嗄？」皇甫洛雲一臉問號地望向連殷鳴，怎麼突然扯到柳逢時呀！

「出來之前，你沒問過柳嗎？」

「分部長沒跟我說，我剛剛覺得奇怪才想問你。」於是，皇甫洛雲無辜地說著。

這話讓連殷鳴不滿彈舌，他看柳逢時不打算浪費解釋的口水吧！

「……我和庚以前是一起工作的。」

「原來是同事關係……」皇甫洛雲理解點頭，但頭點到一半，立刻抬起，「等等！武倉庚以前是柳分部的員工？」

這還真的是天大的八卦呀！

「誰跟你說庚是柳的員工？」連殷鳴淡淡說道：「他是我的員工。」

這話真的把皇甫洛雲炸翻了。「你以前也是分部長？」

連殷鳴以前是分部長？

這開什麼玩笑！

「全分部就只有你不知道，菜鳥。」

而連殷鳴也因為皇甫洛雲的反應達到他要的標準似地，也很乾脆地將自己以前的經歷一五一十地說給皇甫洛雲聽。

「當年我也是擁有自己的分部的……」

皇甫洛雲在消化連殷鳴透露給他的訊息。

皇甫洛雲處於完全震驚的狀態。這也難怪連殷鳴會這麼的囂張……不對，是這麼的受柳逢時的器重。

他終於知道連殷鳴跟武倉庚的關聯是什麼。

從連殷鳴那邊得知，以前冥使事務所有一個「連殷」分部，這間分部的分部長——連殷鳴是個不喜歡拖任務，訴求是能一天完成就一天完成、能半天處理就要處理掉、能夠秒殺，就要秒殺。

就算自己的身分是分部長，連殷鳴還是一馬當先地跑在前頭，處理各種任務，面對有如此高效率的分部長，內部的員工自然也不能閒到哪裡去。

也因為如此，連殷分部的人口流動率比其他分部還要高。唯一加入至今，沒有離開過的人只有一人，那是武倉庚。

武倉庚有著略長的黑髮，眸中總是透著算計他人的色彩，對於任務、以及加入分部的員工，他都抱持著懷疑的態度。

這任務來到這裡，是有什麼目的？這個人加入分部，是沒有聽過風評嗎？

武倉庚唯一不懷疑的人只有連殷鳴，他對連殷鳴滿是欽佩與崇拜，所以他沒有離開，甚至是配合連殷鳴的步調也可以達到連殷鳴的標準。

但連毅分部解散了，連殷鳴來到柳分部，成為柳逢時的員工，而那時還是柳逢時指定要帶走連殷鳴，並非是連殷鳴的選擇。

至於武倉庚，則是抱持著「被背叛」的心情，來到了蕭分部，成為蕭分部的員工，也與連殷鳴的聯繫完全斷絕。

連殷鳴比誰都了解怨氣的危害對人們、對周遭有多麼的深，他對怨氣跟生成怨氣的人不會這麼客氣也是在於此。

武倉庚是怎樣的人，連殷鳴比誰都還要清楚，從連殷鳴訴說的字裡行間中，可以聽出他很相信武倉庚。

但對於動機，連殷鳴只是說要抓到人才會清楚，畢竟人沒出現，任何對武倉庚評論也只是推測。

「嗚，對武倉庚變成怨氣纏身的模樣，你有什麼想法？」

從皇甫洛雲知曉連殷鳴和武倉庚的關係之後，就想要問這問題了。他們明明是一起工作的同事，也是同甘共苦的朋友，是怎樣的境地，讓連殷鳴只想要自己一人抓住他呢？

這讓皇甫洛雲想起了姜仲寒。或許，連殷鳴跟他自己的想法一樣，想要阻止他，不要讓他再危害他人。

「沒有。事到如今，我對庚沒有任何想法。」

「真的沒有？」皇甫洛雲不想放棄，再接再厲的問，「想要阻止他？想要知道他的原因？應該都有吧？」

皇甫洛雲迫切地想要知道答案。他想要知道連殷鳴的決定。

「菜鳥。」連殷鳴冷然道，「唯一有的想法，就只有殺了他。」

話語溢出，連殷鳴也沒打算收回這句沉重的話語，雙眸緊盯著皇甫洛雲，看他要怎麼回應。

「為什麼要殺他？何況你跟他相處這麼久了，怎麼可能沒有疑問？」皇甫洛雲說，「對於仲寒——我想要扒光他身上的怨氣，想要看清他的樣子，想要讓他清醒，讓他看清自己所做的一切，問他為什麼。」

「你這想法真殘忍。」連殷鳴面無表情地說道：「菜鳥，針對他好，就一刀了結他，不要讓他危害世人，一時的婦人之仁只會害到自己。」

「會、會嗎？」皇甫洛雲尷尬了，「我只是覺得……這樣想應該很正常才對。」

姜仲寒，他的朋友，他是這麼的瞭解他，可是他無法相信是姜仲寒自己要襲擊他人，吃食怨氣。他明明比誰都厭惡以大欺小，更不容許眼前出現更多不法之事。

姜仲寒雖然在外被人當成老大，在所有自詡正義之人的眼裡，他是個流氓，但姜仲寒卻有一個希望，他想要當法官，評定裁決所有不法之事。

但面對家人之死，姜仲寒的失蹤是否是要找出那殺害家人的凶手，自己去報這私仇呢？皇甫洛雲想過這個可能，當他看到那包裹在姜仲寒身上的怨氣，其實他的內心不斷說服他，姜仲寒回不來了。

可是他又痛恨這樣堅決肯定的自己，所以他不能殺了姜仲寒，他想要從姜仲寒的口中知道原因。

「菜鳥，你會死很慘的。」宛若預知，連殷鳴斷言，「只因為你沒有這樣的機會，對於怨氣如此濃厚之人……放棄吧！殺了他會是他最好的結局。」

「嗚，你不瞭解我跟他之間的關係。」皇甫洛雲嘴角抽了抽，說道：「他對我來說，跟親生大哥無異。」

「是嗎？」

連殷鳴半瞇起眼，思緒拋得老遠。

皇甫洛雲看著連殷鳴，依然不瞭解他的想法。以暴制暴不是唯一辦法，為什麼連殷鳴都無法想通呢？

連殷鳴注意到皇甫洛雲的視線，僅是哼聲回應。面對突然凝結的氣氛，皇甫洛雲不知道該怎麼繼續搭話下去。

皇甫洛雲內心一直思考要怎麼反駁連殷鳴，他擔心自己會這麼地被連殷鳴說服。

「吵死了，安靜一點。」

皇甫洛雲聞言，苦笑道：「我沒說話呀！」

「你碎念出聲了。」

皇甫洛雲聞言，立刻閉嘴，思考要怎麼轉移話題。

「啊！好像快走出去了。」還好，走沒多久，皇甫洛雲終於看到道路的終點，立刻轉移話題。

連殷鳴聞言，看著前方默默地舉起器具，像是在宣告若是出現其他狀況，他會直接開槍的。

走到最底，一扇褐色木門出現在他們的眼前。

皇甫洛雲盯著木門許久，手搭在上頭凹槽，對連殷鳴問，「打開？」

連殷鳴槍口對準門口，頭輕點，作勢要皇甫洛雲開門。

皇甫洛雲見狀，門用力朝旁一拉——

沒有預想的狀況，前方一片黑暗，看不到任何一絲光線。

「嗚？」皇甫洛雲出聲探問，連殷鳴立刻扣下扳機。

黑暗被轟地炸開，皇甫洛雲看著黑暗散去，變回他所熟悉的內中光景。

那是空無一物的房子，內中的東西早在家裡的遺產內鬥時被父親搬得精光，皇甫洛雲走到裡面，張望附近。

「這裡好像沒有東西。」皇甫洛雲看向連殷鳴，又問，「回柳分部？」

「這裡。」連殷鳴直接走到房子的最底端，手搭在牆上，用力按下——

「喀」的一聲傳起，皇甫洛雲看著最內中的牆壁在他的眼前消失殆盡。

連殷鳴看了驚訝到說不出話的皇甫洛雲一眼，冷淡道：「冥使都是他的客戶。」言下之意，連殷鳴當過皇甫秋清的客人，當然知道他這地方在賣弄什麼玄虛。

牆壁有如門扉，開啟了內中的樣貌。

連殷鳴看著藏在……或是本應就放置在內中，屬於販售於冥使的物品，直接踏入其中，毫不客氣地搜刮內中之物。

「等等！這也算是我的財產呀！」

皇甫洛雲回神慘叫。

真讓連殷鳴搜刮光那可就慘了！

只是他們翻找可用物品的同時，連殷鳴像是感應到了什麼東西，立刻槍口指向一處，露出戒備的神色。

皇甫洛雲見狀，立刻拿出冥鐮朝同一處比去。「是誰！」

是誰在跟蹤他們？連殷鳴不是說這裡只有他們能進來？

在那黑暗處，聽到了「哐噹」的離去碰撞聲，皇甫洛雲聽到那遠離的腳步聲，正打算追過去時，連殷鳴卻搶先一步地跑了過去。

「嗚！」

皇甫洛雲還沒懷疑是否有詐，連殷鳴就隻身一人地追了過去，皇甫洛雲也趕緊追出去，但也沒有忘記把這地方的物品全都收起來，以免被有心人收走裡面重要物品。

連殷鳴快速追了出去，那是因為他嗅到了怨氣的味道。既黏稠又帶著腐爛的血腥氣息，那味道與業障沒有任何的差別。

他甫一追去，便看到一抹紅色身影。

那人注意到連殷鳴追了出來，也看到了自己，他抬起空虛無物的雙眼，迎上連殷鳴的目光。連殷鳴見狀，二話不說地開槍射去。

那個人——

「仲寒！」

皇甫洛雲的聲音從連殷鳴的後方傳來，皇甫洛雲揮動冥鐮，朝姜仲寒砍去。

姜仲寒揚手化出黑色鐮刀，先撥掉連殷鳴的戒珠，隨即刀刃朝皇甫洛雲砍去，阻擋冥鐮攻勢。他向後滑一退，趁皇甫洛雲重心不穩時，將他的冥鐮撥開，又向連殷鳴衝去。

皇甫洛雲以為姜仲寒要逃了，豈知目標竟是連殷鳴。

連殷鳴見狀，左手的槍收起，拿出符紙化刀與之抗衡。

「鏘！」

明明一方持著符紙，一方持著怨氣，黃色短刀與黑色鐮刀與之交集的瞬間，發出了金屬音色。連殷鳴右手握拳朝姜仲寒的腹部打去。

俐落的右拳攻擊讓姜仲寒來不及應對，硬是吃下這拳，連殷鳴將刀化回符紙，黃色符紙緊貼在連殷鳴的掌心，並朝姜仲寒打去。

「破！」

話音一出，無形的氣流伴隨在手掌部位，手掌與姜仲寒的身體接觸瞬間，姜仲寒被這一掌擊飛出去。

「菜鳥！」連殷鳴大喊，皇甫洛雲立即揮刀。

因為連殷鳴這一掌打碎了包裹在姜仲寒身上的淺薄怨氣，他沒有絲毫的猶豫，刀刃朝姜仲寒砍了過去。

在這瞬間，姜仲寒有了動作，他的身體化作黑色物質，化成一灘黑色的水。

「可惡！」

皇甫洛雲用冥鐮劃過黑水，水狀怨氣也在劃過的這一瞬淨化殆盡。

怨靈偽造成姜仲寒的樣子查看他們是吧？

這也難怪連殷鳴只靠一張符就把姜仲寒打得淅瀝嘩啦的，原來那是怨靈的偽裝。當然，怨靈偽裝得這麼像，一次拐騙到兩個人，連殷鳴沉下臉，眸中透出更深的不悅。

「走了。」

沒想到連皇甫秋清的結界都不安全了，這個姜仲寒的實力到底多強……

情緒也僅是顯現出這一瞬，連殷鳴直接轉身走了，不打算找出姜仲寒的實際下落。

他們還有一個更重要的任務要處理，可不想在這地方鬼混摸魚！

如果目的地是蕭分部，這讓甄宓心裡有著更多的疑惑。

他們要用什麼方式調查？

「宓兒，蕭分部會讓我們進去的。」前往蕭分部的路上，柳逢時笑著說道。

「怎麼說？」甄宓反問。

「宓兒呀！有件事我不知道妳有沒有從下界打聽到。」柳逢時嘻笑道：「就是蕭分部會這麼乾脆答應我幫忙處理任務的其中一個主因。」

「為什麼？」

好吧，柳逢時沒有對她說過，下界似乎以為她早就知道，便沒有與她提起這件事。

「因為下界把蕭分部所有的戒珠都收走了，他們沒有戒珠，自然無法處理分部內所有針對怨氣的任務。」

此話有如五雷轟頂一般，炸得甄宓忍不住大喊：「柳！這麼重要的事情怎麼沒有跟我說！」

蕭分部的戒珠全部都被回收？

這根本是變相地讓蕭分部關門呀！

「那蕭分部長傷好之後……蕭分部到底還能做什麼？」

難不成蕭分部的地區真的要變成柳分部的管轄地？他們人都這麼少了，再增地盤下去，他們人手還沒補足，只怕會是他們累死，蕭分部賺死。

但讓甄宓感到疑惑的便是事情既然都這麼嚴重了，蕭分部還真的答應柳逢時的調查要求，難道他們不介意自己的分部就這麼消失嗎？

「所以他們有籌碼吧？」柳逢時玩味笑道，「希望他們不會讓我覺得無聊。」

「是嗎？」甄宓懷疑了。

「宓兒，要動腦。」柳逢時抬手戳了一下甄宓的頭。

「什麼！我的腦袋有動！」甄宓生氣地將柳逢時的手推開，又說：「自從你收留皇甫小弟之後，我就無法看清你了，我還懷疑過，我是不是真的認識你。」

「沒這麼嚴重吧？」柳逢時輕笑道：「我沒有忘記我的本分。」

「你沒忘記，但你是怎麼知道皇甫小弟手中的器具是冥鐮？這事我都要偷偷查探好久才知道，為何你一開始就知道？」實在是被柳逢時的態度困擾已久，甄宓忍不住發問。

冥使制度的開始，是在於屬於淨化的三冥器——冥鐮失蹤所開始的，雖然計畫原本就有進行，在三冥器還在冥界的時候，冥使就有在人間活動，唯一有變動的，就是爾後冥使使用戒珠收納怨氣的部分。

但冥鐮失蹤很久了，除了下界的高層，已經沒有人知道這冥器……

「沒什麼，劉昶謹同學也知道呀！」柳逢時笑著將問題揭過，不讓甄宓繼續問下去。

「不過我們現在的重點不是在那裡。」

柳逢時抬起頭，哼聲一笑，他們來到了蕭分部的門口。

「我們進去吧！」柳逢時如是說。

「……柳，你別想轉移話題，如果重點不是那裡，那你也該告訴我什麼是重點吧！」

甄宓腦袋思考了一下，立即推出結論，當然她也不會因為目的地到了而直接轉身離開。

對於來到蕭分部一事，他們會不會真的把情報給予他們也是個問題。

「重點是他們會聽我的。」柳逢時抬手晃動食指道，「蕭分部的分部長重傷，內部冥使竊走戒珠，下界給了蕭分部懲處。」

「所以要蕭分部長答應你接走追武倉庚的任務，其實有動用到你的現成權力？」甄宓皺眉道，「只是這樣我們不就要擔心蕭分部不就可以名正言順的擺爛？」

這下子終於知道柳逢時是用什麼籌碼讓蕭安聞答應把追查工作交給柳分部，這根本是威逼出來的呀！

若是蕭分部一個不爽，決定全部任務交與柳分部處理，那他們不就虧大了？

「沒有。」柳逢時搖頭笑道，「在我接管的期間，他們都要聽我的指示，不能有任何怨言。當然蕭分部長的階級跟我一樣，我不能差遣他——但可以拜託他。不過那邊的冥使現在也沒有什麼用處，蕭分部的戒珠被沒收，他們的分部也只是個空殼。」

這對蕭分部而言應該是酷刑吧！

甄宓搖頭，不用多想最近蕭分部應該很認真的找出權限回到他們手中的方法吧！

「這樣我會懷疑我們進入蕭分部是入虎口呀！」甄宓嘆氣，怎麼感覺事情變得超複雜？

「接下來，我們也該請蕭分部的人開門讓我們進去了吧？」柳逢時笑著又道，「但在這之前，我們會有另外一個同行者。當然宓兒妳不介意對方跟我們一起進去吧？」

「誰？」甄宓問。

「文家大小姐。」柳逢時說完，抬眼朝一處看去。

文陸儀就站在那不遠處，小心翼翼地朝柳逢時和甄宓那裡看去，眸中透出膽怯神色，柳逢時抬手朝文陸儀那裡勾了勾，文陸儀見狀，便到柳逢時那裡。

「那個，請問您叫我來這裡是……」

文陸儀猶豫問著，上課到一半，劉袓瑾用通訊符聯繫她，說是柳逢時那邊需要她幫忙。

這一來倒是讓文陸儀很猶豫，畢竟劉袓瑾給她的地點是蕭分部。

柳逢時輕拍文陸儀的肩膀，如此說道：「當然是請妳出點力幫個小忙了。」

肆・陷阱

萬事具備，只欠東風，傢伙都備妥了，只差去抓武倉庚。

天際一片昏暗，暗處的怨氣翻湧，隨著夜色紛紛冒出了頭，皇甫洛雲忍住想要順手滅掉怨氣的衝動，心思放在任務上面，以免看不過去處理怨氣又反被怨氣干擾。現在這麻煩事態中，他還是別惹事的好。

「嗚，我們要去哪裡找出武倉庚？」

這是皇甫洛雲一直想問的疑問，連殷鳴一副了解武倉庚的模樣，看樣子似乎真的可以找出武倉庚的位置。

「去以前的分部位置。」

「除了這個還有其他地方嗎？」皇甫洛雲愣住了，這推斷好像有點不切實際。

「如果你朋友出現在你的面前，又突然消失，依照你的推斷，他會出現在那裡？」連殷鳴瞟了皇甫洛雲一眼，深深覺得這問題是個廢話。

「……好吧，我不該問這問題。」

連殷鳴這話也是沒有錯，在發現姜仲寒變成那樣時，他去查的重點地區都是姜仲寒曾經出現過的地方。

雖然那像是大海撈針，找到人的機會十分渺茫。

「你朋友不是有出現？」連殷鳴又道：「兵分二路？」

「分部長和我們，已經分了吧？」皇甫洛雲說，「再分下去，只怕大家會遇上危險。」

皇甫洛雲可沒忘記那引誘人離開的鈴鐺聲，深怕他們分頭行動又變成互相都有事，以防萬一還是繼續一起行動好了。

更別說是他的主要工作本來就是跟著連殷鳴行動。

「嗚，你要不要用通訊符問問看分部長？」皇甫洛雲想起一事，直言道，「分部長那邊問問進度如何？說不準他那邊也有武倉庚的線索。」

畢竟柳逢時是要調查蕭分部，若是那邊有問題，或是查出有關於更多武倉庚的目的計畫，只要從他那裡拿到情報，這樣他們也可以不用仰賴連殷鳴的直覺找出武倉庚下落。

但皇甫洛雲沒有想到，這一提問，連殷鳴瞟了他一眼，但這眼神讓皇甫洛雲膽顫心驚地，僵直身體，不敢亂動。從連殷鳴皺緊的眉判斷，他似乎不怎麼……開心。

「如果你打算問柳，我不介意我們真的兵分三路。」

言下之意，連殷鳴擺明就是要讓皇甫洛雲知道他就是發號施令的，不允許皇甫洛雲說不。

皇甫洛雲聞言只能乾笑以對，打消問問題的念頭。

真讓連殷鳴確認單兵處理任務，皇甫洛雲反倒要替分部擔心，以免全都毀在連殷鳴手中。更別說是這件事或許真的可以釣出姜仲寒。

面對可以抓到武倉庚、也可以逮到姜仲寒的一石二鳥計畫，他說什麼也要跟到底。畢竟他不想放過任何一絲線索，只想要將人找出。

「抱、抱歉……」所以皇甫洛雲決定道歉。「我想說應該可以問問分部長……」

連殷鳴挑眉看向皇甫洛雲，冷然說道：「柳如果真的查出什麼，也會通知我們，沒必要特地去找他，浪費時間。」
「這麼說也對。」皇甫洛雲苦笑。
結果是他想太多了？
「對了。」皇甫洛雲想到一事，說道：「嗚，戒珠是怎麼保管的？」
武倉庚能夠偷走戒珠也是謎，畢竟收得好好的東西，能夠偷走也是會有其原因。
「分部長一人保管，不會有人知道。」
「不會有不小心被人發現的狀況？」皇甫洛雲問。
「知道的人都會遺忘。」連殷嗚淡淡地說，「收藏戒珠之處是活著的所在。」
「屋靈？」皇甫洛雲推斷道。
若是要用明確的理由解釋，這個比較讓人接受。
「嗯，沒錯。」連殷嗚點頭，又道：「還算你有長腦，挺厲害的。」
莫名地，皇甫洛雲聽見連殷嗚這句話，雙眸睜起，腦中只有很不思議的震驚感。連殷嗚居然在誇獎他？他有沒有聽錯！
「我是認為屋靈應該是最有可能的活性存在。更別說是它們本來守著屋子，當然裡面有什麼東西，屋靈應該也知道。」
「嗯。屋靈的確知道戒珠的所在地，畢竟屋靈是牽動屋內所有陰間路的媒介，如果要將戒珠藏得隱密，一定要置在陰間路的空間之內。」
「哦哦，對，我是這樣猜的！」皇甫洛雲用力點頭，他果然還是有優點的吧！

「不過……」連殷鳴瞟了皇甫洛雲一眼，嘖聲道，「但這件事也只有分部長級別的冥使知道，如果要再往下一點，就是分部長副手。一間分部裡，只有這兩個人知道。畢竟隔牆有耳，若是讓太多人知道，會給分部和冥府很多麻煩，所以有關於戒珠存放地和屋靈的關聯，不會有人『想到』。」

皇甫洛雲聽到這句，挺想要吐槽連殷鳴，若是如此，柳分部除去柳逢時和甄宓，他跟連殷鳴不就知道了？

更別說連殷鳴以前還是分部長。

「因為我是特例。」連殷鳴瞟了皇甫洛雲一眼，眸中滿滿都是鄙視。

皇甫洛雲見狀，深深覺得自己的內心受傷了。

「如果你會有這聯想……」連殷鳴默默地朝皇甫洛雲的左手看了一眼。

「代表我可以知道？」皇甫洛雲接話道，「畢竟鳴你也知道了，所以認為我知道也沒差嗎？」

「就當作這樣吧。」連殷鳴言簡意賅地回著。

這也太隨便了吧！皇甫洛雲內心吐槽。

他有一種很兒戲的感覺。

正當皇甫洛雲還有別的問題要問時，他發現附近出現了異狀。

不知何時，周圍的景緻不斷變換，隨著腳步一步步地改變，不變的也只有走在他前頭的連殷鳴。

可能是察覺到附近的不同，皇甫洛雲的腳步慢了，連殷鳴微側著頭，不帶著感情的目光挪移到皇甫洛雲的身上，低聲催促：

「跟緊一點。」

皇甫洛雲立即打起精神跟著，以免他不小心脫隊。他們的目的地不是連殷鳴以前的分部？這方位讓皇甫洛雲有些怪異。

正當皇甫洛雲決定找死發問，眨眼間，他們來到一處向內延伸的巷弄路口，他立刻將疑問吞回腹中，看著周圍，被黑夜圍繞得讓他摸不著虛實，周圍的房子也被遮蓋了泰半視線，讓這狹隘的通道顯得陰森詭異。

接下來是要走進去？

皇甫洛雲疑惑著，而連殷鳴有了動作。他加快腳步，三兩下便鑽入巷弄之中。他趕緊跟過去，以免自己是脫隊的一方。

踏入巷弄之後，內中道路蜿蜒伸長，他們在寂靜的黑夜裡行走，小小的一段路給人漫長無止境的錯覺。

「嗚，你以前的員工對你有什麼感想？」

遇到這樣的狀況，皇甫洛雲覺得不說點話，只怕自己會被悶死。

但沒想到，這個疑問卻讓周圍的氣氛更加窒礙，讓皇甫洛雲很難繼續發問。

「一直被恨著。」過了許久，連殷鳴終於開口了。「你也是吧？無法苟同我的做法。一下子要等跟著，一下子要你滾蛋，每個人都無法適從，所以我才會落入這個境地，只有當人部下的資格，只因為我沒有像柳那樣的會算計人以及擁有看人的氣度。」

「……是這樣沒錯。」皇甫洛雲挺意外連殷鳴會這麼說，下意識的回了真話。不過關於連殷鳴的後半句話，皇甫洛雲還是有話要說，「只是我覺得凡事不能跟分部長比，你看我同學那麼混，他還不是一樣當上了分部長。」

想到劉昶謹的為人，皇甫洛雲至今很難相信劉昶謹的位階比他高，得以與柳逢時平起平坐，畢竟他那朋友沒個在乎的，要工作都懶懶的，別人找他開導發問，還得支付詢問費用。

「不是每個人都能夠像劉昶謹那樣，他是特例。」連殷鳴哼聲道，「不過你也挺敢的，我還以為你不打算說真話。」

「不，我只是想說，嗚你這麼清楚你的個性，為什麼不改變？」

連殷鳴生性冷漠又是直接下手的冷酷派，這樣的性格已經很招怨了。如果連殷鳴願意改變，那麼冥使們應該會把連殷鳴當偶像看待，也不會每個人提到連殷鳴跟看到鬼一樣，紛紛走避，只期望自己不要遇上連殷鳴，就算不幸遇著，也要期望自己沒有把柄在對方手上，或是抓到對方打傷自己的證據。

「為什麼要改變？我的態度就是這樣，有必要改嗎？」

「為什麼？」皇甫洛雲問道，默默地把連殷鳴歸類在冥頑不靈的類型上。

「有我這樣的偏激分子，弱小分子會自己想辦法避過我然後生存下去。」

皇甫洛雲聽著這席話，又說：「因為那些人不爽你，就因此團結起來。」

「嗯，冥使沒有你想像這麼好混。」連殷鳴聳肩道，「其實只要有點能力的人都可以當冥使，但也有適不適任的問題，只會一味的抱怨，代表他並沒有成為冥使的資格。」

「這是你之後拔除分部長身分之後的感想？」皇甫洛雲問，「嗚，那時候是什麼原因讓你來到柳分部？」

皇甫洛雲想不通，他倒是想要詳細知道過程。

連殷鳴眸光輕轉，移到皇甫洛雲身上，張起唇，吐出依然冷淡且摸不著情緒的話語，「怨氣。」

「怨氣？」

「先前也跟你說過了。我的行為引起部分的人不滿，一些菜鳥異想天開地想要用怨氣扳倒我。」連殷鳴的思緒像是飄到了以前，輕輕地訴說著過往，「怨氣沒有這麼好找，畢竟怨氣都是被戒珠收存著，一點一低的累積，直到溢滿之後，才會交給分部長。」

連殷鳴揚手，黑色手槍入手，連殷鳴用空著的手撫著槍身，拿出帶著混濁色彩大約裝有三分滿的戒珠。

「你知道我為什麼比誰還要在意怨氣所引發的事情吧？如果只是那些人引發的怨氣惡作劇會讓我變成這樣？」連殷鳴哼聲嘲諷道，「因為我見過戒珠破壞後，引發的怨氣衝擊。雖然這件事被我壓了下來，打碎戒珠的冥使也被懲處，雖然下界沒有要對我怎樣，但我決定要對這件事負責，將分部收起。」

皇甫洛雲嘴巴微張微合半句話都無法說出。

連殷鳴嗤聲道：「庚什麼都不知道，他那時候被我派出去處理一件危險的任務，他回來知道分部解散的消息他很不諒解。」

——為什麼！你沒有錯為什麼要負責？明明是那些人的錯，又不是你！

武倉庚那時的眼神連殷鳴都看在眼裡，對他而言，連殷鳴的行為對他而言是赤裸裸的背叛，更別說連殷鳴連解釋都沒有解釋，只是靜靜地聽他說。

「……所以那些人會認為你找得到武倉庚，是懷疑他很有可能會找你麻煩？」皇甫洛雲聽完了前因後果，指著連殷鳴不確定道，「你把事情壓了下來，武倉庚也不知道詳細經過……那他為什麼會偷走裝滿怨氣的戒珠？是你以前的員工拉攏他這麼做？」

若是如此，這也難怪蕭安聞那邊會這麼「為難」地答應柳逢時的協助。畢竟以前連殷分部的恩怨扯到蕭分部，認誰都不想要處理這件屬於別人的「家務事」。

「推斷無誤的話，是這樣想沒錯。」連殷鳴沉默了一下，目光微偏，輕聲道：「只是那時候的人已經被懲處了，知情的人也只有我。」

手中的戒珠霎時消失，連殷鳴抬起手，槍口指向皇甫洛雲。

面對槍口突然對準自己的狀況，皇甫洛雲將在原地，下意識地想要抬手求饒，但想起先前連殷鳴嚴重表示他很討厭皇甫洛雲怕槍的態度。

皇甫洛雲決定「面對」眼前的威脅。他認真地看著連殷鳴的槍口，發現槍口是向著他，但沒有完全對準他自己，難道……

皇甫洛雲立即招出器具，冥鐮上手，他跳起，鐮刀朝後一揮，連殷鳴也扣下扳機，瞬間，一股刺耳的叫聲傳起，帶著振動的聲波朝皇甫洛雲襲去。

面對攻勢，皇甫洛雲退無可退，他來不及閃避，連殷鳴見狀，不滿嘖聲著拿出赤色的珠子，置入槍中，大喊：「斷罪！」

槍身霎時變紅，赤色的絕字出現在槍身之上，連殷鳴扣下扳機，紅色的軌跡從槍口射出，一個黑色的洞口霎時出現，但內中卻沒有任何該出現的聲音。

皇甫洛雲見狀，左右張望，懷疑眼前的那洞口是不是有詐。

「鳴，我們要追？」

以防萬一，還是先問問連殷鳴，看看他想要怎麼做。

「嗯……」

連殷鳴還想要說些什麼，那黑色的洞口霎時消失，耳邊傳來破空的呼嘯聲。他反射性地抬手抓住那朝他刺來的東西，那是一柄短刀，銀白色的刀鋒透出冷冽的光芒，而連殷鳴的手緊抓著刀鋒，紅色的液體從掌中隙縫汩汩流出，連殷鳴挑眉側眼看著站在他身後之人，握刀的手往前使力——

後方之人被他直接從後方拉到前方，也隨著這股拉力，手鬆開，將對方甩出去。

這一切僅在數秒間完成，皇甫洛雲還沒有任何動作，就只是看到一個人就這樣被甩出去。

「沒有重量。」

連殷鳴瞇起眼，打量著那明明應該要重擊落地的人，卻輕盈地點足落地。

皇甫洛雲還在理解這句話的意思時，那人身影逐漸變淡，消失在他們的眼前。

「逃走了？」

皇甫洛雲傻眼，正打算吐槽時，他看到連骰嗚跑了過來，對他說道：「快追！一直讓敵人逃走，問題會越來越多！」

這話一出，皇甫洛雲揮動冥鐮，趕緊開啟陰間道路追去。

文陸儀以為她會隨著柳逢時他們一起直接進到蕭分部之中，卻沒想到柳逢時居然笑笑地對她說：

「文大小姐先在外面把風，有狀況用通訊符聯繫我。」

說完，柳逢時就將通訊符遞給了文陸儀。她一接下符紙，心裡有些複雜，怎麼好像有點怪怪的。

「這嘛，妳到時候就知道了。」柳逢時打啞謎道：「妳找個安全躲起來，若是有問題，我們出不去，妳還可以幫我們聯繫劉袓瑾同學。」

原來是被當成保險了。文陸儀提起精神，用力點頭。

她找個可以觀察到蕭分部狀況的地方躲著，瞅著那處地方，觀察是否有其他狀況。但對於自己孤身一人留在此地當後備救援，她自己不會害怕也是騙人的。

文陸儀只希望柳逢時他們可以快一點出來。她在那邊等了許久，這時，蕭分部外面有一條陰間路被打了開來，而內中溢出讓她感到膽寒的氣味。

那是黏稠帶著血腥味道的怨氣，帶著霧氣型態的怨氣從那開啟的陰間路中溢出，文陸儀看到一名有著暗紅髮色的青年驀地出現，他的目光移到蕭分部的位置上，凝視許久唇微微張起，似乎在說些什麼話，當他說完的那一刻，便隨即踏入他開啟的陰間路裡，而當青年身影沒入道路之中後，開啟的大門也隨之關上。

文陸儀詫異眨眼，這個人不就是皇甫洛雲的朋友？她摸索口袋，拿出通訊符，雖然那個人已經離開了，但出現在蕭分部這裡……

這不免讓文陸儀替進入蕭分部的柳逢時和甄宓擔憂了。但她一旦發訊息過去，會不會干擾到柳逢時他們？

這疑惑也只僅有數秒，文陸儀還是連接通訊符與柳逢時聯繫，跟他報告方才見著的狀況，但通訊符的另一端卻一直沒有回應，讓文陸儀不知如何是好。

是要聯絡劉袓瑾嗎？

柳逢時將她留在外面，用意本是要留後路，柳逢時那邊卻遲遲沒有回應……是要直接聯繫劉袓瑾嗎？

思考那名紅髮青年或許劉袓瑾認識，先通知他也可以順道問問柳逢時那邊的狀況。

文陸儀甫一拿出劉分部的通訊符，正要跟劉袓瑾通訊時，柳逢時的通訊符終於傳來信息。文陸儀聽了一下，才直接發動劉袓瑾的通訊符。

「阿昶，那個柳分部那邊拜託我處理的那件事情……嗯對，他們這裡有一點狀況……」

文陸儀拋出這段訊息，而另一端，劉昶瑾給了文陸儀一個長長的嘆氣聲。

伍・冥使分部的廢墟

踏入冥鐮劃出的陰間路，皇甫洛雲走在那屬於內部空間的通道之中，但內裡異樣難聞的氣味刮搔他的鼻子，皇甫洛雲皺眉，揮動冥鐮淨化周遭空氣。

「菜鳥。」

「是？」皇甫洛雲停下動作，疑惑問道。

「貼符在身上，不要這麼明顯的淨化空氣，只要你聞不到就好。」連殷鳴晃動持槍的手，朝某一處指去，又道：「不然會打草驚蛇。」

「顯眼一點不好嗎？」

皇甫洛雲認為一個顯眼的目標物吸引那些可能躲在暗處的怨氣將他們視為標的物，這樣也可以將那些東西一次一網打盡。

「那也要身上帶的東西足夠。」連殷鳴說：「籌碼不夠，還是別這麼顯眼。」

對於以前的舊地點，連殷鳴對於目前怨氣惡靈的區域分布已經沒有什麼把握。畢竟連殷分部是直接廢棄，也不確定接管的冥使分部是把此地當成模糊地帶，還是一樣當重點清理的所在。

連殷鳴這才說完，目光挪移到一處，正好是皇甫洛雲的左側方。

「哼。」連殷鳴冷哼，忙不迭地抬起手和對皇甫洛雲使了使眼神，食指按下，槍口射出白色的軌跡劃出，皇甫洛雲轉身往軌跡的另外一側方向跑去，冥鐮召出，朝那處的黑色地帶揮動鐮刀。

冥鐮劃出白色刀紋，將那抹暗色一分為二。

皇甫洛雲回頭還想要問連殷鳴接下來要怎麼處理，他就看到連殷鳴往方才攻擊的左側方跑了過去。

「……混蛋！」皇甫洛雲悲劇大喊，立刻追了過去。

「我沒要你打右邊，你打什麼？」連殷鳴瞟向身後的皇甫洛雲一眼，如此說道。

「你不就是那個意思！」皇甫洛雲暴躁大喊。

連殷鳴槍口對準左邊沒有錯，但皇甫洛雲有看到右邊一樣發生異狀，他還以為連殷鳴暗示他要將右邊的處理掉。

但看連殷鳴一點也不想要繼續這個話題，繼續往前走，皇甫洛雲只能嘆氣以對。

面對那可能潛藏武倉庚的所在地，皇甫洛雲完全沒有什麼好心思，如果連殷鳴真的遇上了武倉庚，他還得深深擔憂武倉庚的小命。

不對，對於武倉庚這個人也不需要特別擔憂這個人的性命了。

——沒有重量。

亦即代表著……

「可惡！武倉庚那傢伙是被誰掛掉的呀！」皇甫洛雲悲劇大喊，他們現在可是要面對的是飄來飄去的靈體呀！

他們的周圍突然發生變化，由底下往上蔓延，化作一個社區建築，皇甫洛雲見眼前通道便成了圍牆，他蹬腳一跳，足落在圍牆上，順道以這高度打量附近。

陰間道路意外消退，他們來到一處廢墟之外。

皇甫洛雲看著那棟倒了泰半的房子，並疑惑地張望附近。周圍的房子是好的，而這處被草葉掩蓋，綠藤蔓延的廢墟坐落在此，卻沒有人想要叫屋主把那塊地打掉重建，著實詭異。他也看到連殷鳴站在不遠處的街道上打量著附近，他眉頭皺得死緊，似乎對於自己來到之處十分納悶。

他立刻從圍牆上跳下，往連殷鳴方向跑了過去。

「嗚，這裡是哪裡？」皇甫洛雲端看周圍，看不出所以然來。「我們要去那個廢墟看看嗎？」

不管橫看豎看，有問題的應該是那處。

連殷鳴朝廢墟方向瞟了一眼，哼聲道：「那傢伙應該在那裡。」

這麼神準？皇甫洛雲只是想著那地方有點怪異，所以才提出去那邊的建議呀！

這倒是提起了皇甫洛雲的好奇心，直言問道：「這裡是？」

連殷鳴聞言，瞟了皇甫洛雲一眼，這讓他決定轉頭裝死。

從這很殺的眼神判斷，這裡應該是以前屬於連殷鳴的分部。

皇甫洛雲立刻將目光轉向廢墟，從外面查看，看不出裡面有什麼東西，只是他們兩人就這樣闖進去，似乎有點不保險。

「嗚，直接進去？」皇甫洛雲抱著被痛毆一頓的心態，如此問道。

連殷鳴低眉看著自己手中的黑槍，似乎沒有打算直接進去。

「怎麼了？」

感覺有些怪異，依照連殷鳴性子，應該是直接闖進去，二話不說把這些的麻煩事一次解決才是。頭一次看到他這麼婆媽的留在原處。

「……器具停機中。」

連殷鳴甩手，將手中的器具拋出，黑槍拋起的瞬間霎時化成粉末，在眼前消失。

皇甫洛雲呆滯地消化連殷鳴這句話，然後突然大喊：「等等！器具不能用了？」

「強迫器具瞬間輸出比原先承載還要數十倍、百倍的力量，使用結束，當然會鬧脾氣。」

原來連殷鳴是打算等器具恢復功能再去闖那廢墟。

「那我們……」

皇甫洛雲心想等連殷鳴器具恢復也不知道要等多久，那他們現在是要在原地乾等？只是想到方才連殷鳴那一槍完全空打沒有任何效果，倒是讓他有些可惜。

「看庚沒有直接出來，應該有被掃到。」

連殷鳴凝視廢墟，面對潛藏在內中的武倉庚，毫無準備地闖入其中是不可能的。他拿出從皇甫古董店搜刮出來的符籙，冷冷勾唇。

內中毫無一物，沒有繼承人而關門的古董店有如現在眼前的廢墟一樣，看似內中早已搬光只剩下空殼，實際上內有乾坤，暗處的比表面豐富。

他張望附近，腳步向前一踏，踩著陰間路來到最高點。連殷鳴將手揚起，將手中符紙拋出，黃光炸起，點點黃光撒下，光芒像是有個無形的絲線牽引，光點一個不露地飄到廢墟上方，形成了透明結界將那廢墟完全包圍。

「這是……」

皇甫洛雲隨後爬上了連殷鳴所在之處，看著包裹住廢墟的結界，心想這結界是能夠自動逼出武倉庚的嗎？畢竟符咒的聲光效果挺不錯的，感覺上威力值頗高。

「只是封閉符咒而已。」連殷鳴甩手，這符咒的威力比他預料的還要強，看來皇甫古董店內所藏的符咒果然有拿走的價值。

隨即，連殷鳴縱身躍起，朝那廢墟所在地跳下。

進入廢墟內部，皇甫洛雲看著走在前方的連殷鳴，手上的冥鐮緊握，對於器具暫時無法運作的連殷鳴，就算他有從古董店拿出的符咒，但他們目前尚未遇上武倉庚，一切都是未定之數。

「我這裡還有一些符咒，你需要嗎？」

器具功能停擺，目前連殷鳴只能靠符咒防身。

「不用，古董店的符咒很夠。」

皇甫洛雲聞言，只有翻白眼的衝動。連殷鳴還真敢說，明明古董店內的財產是他的，連殷鳴還直接打劫他。

連殷鳴從大衣口袋裡拿出幾張符紙，他輕輕一揮，符紙變成了一把黃色短刀。看著連殷鳴這一氣呵成的動作，皇甫洛雲露出失望神色。

對連殷鳴而言，符紙比他還可靠嗎？

「嗯……湊合點用。」言下之意，連殷鳴打算靠這把刀撐到器具能夠使用為止。

這讓皇甫洛雲忍不住頹下雙肩，認真檢討自己的可靠性是不是爛到極點。

原本皇甫洛雲還以為這處廢墟沒有什麼，實際上他想太多。就算是掛上廢棄的名義，原本屬於冥使分部的所在地依然也是具有分部功能。

例如，裡面比外面大。

從外面看來，連殷分部只是一處平房而已，走進去卻是別有洞天。

這也難怪連殷鳴怕武倉庚躲在裡面搞鬼也沒人知道。

「菜鳥，別發愣。」

皇甫洛雲聞言，立刻頓身停住，但下一秒他卻後悔自己居然不繼續往前走，只因為——明明腳有踩到地板的實感，但停下的瞬間，腳猛地踩空，周圍景緻也在這霎時崩碎，且整個人向下沉淪。

不知道過了多久，皇甫洛雲醒來時，發現自己躺在一處漆黑的所在，他甫一起身，還沒完全爬起，後腦杓就被人踩了。

「醒了？」

不用多想，腳的主人是連殷鳴。

皇甫洛雲揮手打掉那隻腳，同時扭著頭，看著雙手插在大衣口袋，冷眼看著自己的連殷鳴。

「這裡是哪裡？」皇甫洛雲的腦袋暫時無法順利運轉。

「位置有些混亂，姑且當作是我們方才所看的地方。」

「連殷分部？」皇甫洛雲找死問道。

「……廢墟。」連殷鳴強調道。

「噢，廢墟。」皇甫洛雲點頭更正，深怕連殷鳴會槍開了槍，也會拿刀抵著他的頭威嚇他。

皇甫洛雲跟著連殷鳴在勉強可以看出屋內輪廓的廢墟裡面行走，看著深邃幽暗的通道，他的腳步也放慢了下來。

隱隱約約周圍似乎出現了一些幻象，一些模糊的人影突然冒了出來，又隨即消失，皇甫洛雲指了指周圍，不知道該怎麼表示。

「嗚，我們要不要去看看？」皇甫洛雲看到那些幻影疑似暗中指點他要往什麼地方去，「那邊好像有東西。」

走在前頭的連殷鳴回過身，只是幻影在他轉身的瞬間消失，他沒有看見那路線一致地往某處前行的幻影。

連殷鳴懷疑地打量附近，眉頭重挑，冷冷說道：「菜鳥，沒有東西。」

瞬間，皇甫洛雲冷汗直流。

連殷鳴這表情好像想要殺了他呀！

只是，皇甫洛雲有一句心聲也這麼不小心地說了出去，「嗚，你不是冥使嗎？為什麼這麼肯定沒有東西？」

話語說出，連殷鳴的視線又讓皇甫洛雲很想撞牆自殺。

「是沒有東西。」連殷鳴道：「只是一些混淆視聽的殘影而已，根本就不需要認真。」

這話讓皇甫洛雲瞠大了眼，這意思是連殷鳴他有看到那些東西，只是視而不見？

「哼。」

連殷鳴這一聲更是加深了皇甫洛雲的想法。

他真的看得到呀！

連殷鳴淡淡地瞟了皇甫洛雲一眼，說道：「你要跟？」

「我的表情有這麼明顯嗎？」皇甫洛雲驚訝問道。

只是說完的下一秒，立刻將話語吞回，因為連殷鳴狠瞪他一眼。

「我們可以過去嗎？」嘴角抽搐，皇甫洛雲不好意思說道。

連殷鳴僅是哼聲，煩躁揮手，便和皇甫洛雲前往殘影去向之處。

皇甫洛雲心底有一個很大的疑問，對於武倉庚，他思考過。就算武倉庚因為連殷分部的冥使惡意引發的事件而摧毀，縱使連殷鳴決定去柳分部，將這些屬於他的過去都割捨掉，表面上反抗著連殷鳴這項決定——因為錯不在於連殷鳴。雖是如此，心底卻很自然地接受，畢竟這是連殷鳴的決定，他只能尊重。

皇甫洛雲知道武倉庚和連殷鳴一樣，深知怨氣的影響與危害有多麼大，這樣的人怎麼會去偷收容自己的分部的戒珠？

皇甫洛雲隱約感覺到武倉庚這做法似乎有什麼原因，這項因素促使他決定這麼做，而他們現在就是要找出線索吧？

來到連殷鳴的過去分部，那些殘影指引之處也許就是找出線索的契機。

皇甫洛雲和連殷鳴隨著幻影來到一處地方，連殷鳴一踏入其中，立刻皺眉。

「怎麼了？」皇甫洛雲左右張望，由於附近呈現廢墟狀態，看不出有什麼不妥的地方。

「這裡是戒珠存放之地。」連殷鳴疑惑了，「為什麼？」那些是要暗示些什麼？來此地的用意連皇甫洛雲都不懂了。

連殷鳴看著周圍，地上驀地出現一個盒子的幻影。

皇甫洛雲見狀，指著盒子問道，「打開？還是不打開？」只怕那是潘朵拉之盒，打開了反而壞事一籮筐。

連殷鳴默不作聲，完全沒有猶豫，一氣呵成地將盒子打開。

盒子開啟瞬間，噴出黑色物體，連殷鳴也很迅速地朝盒子開了一槍，「砰」地一聲，盒子碎成一片片的木片，地上出現裂開珠子的殘影，倏地消失。

然後，周圍影像頓時消失無蹤，他們回到原本最初原本等待連殷鳴，前往出發處理任務之地——也就是皇甫洛雲住家附近的巷弄。

皇甫洛雲疑惑眨眼，張望附近道：「怎麼？剛才那是什麼？」

是幻覺嗎？看著手腕上的手錶時間，從他出門等到連殷鳴出現，見到面之後也只過了兩三分鐘。

明明他記得自己先在家裡附近被連股鳴唸，之後還邊走邊聊他所看到的事情，接著來到他沒見過的地方，連股鳴開個一槍就和他跳入強制開啟的陰間路通道，之後的狀況他也很清楚，這些絕非是一兩分鐘就能搞定的流程，除非是他在作夢。

只是他有這麼自虐，作個夢而已，還會夢到被連股鳴威脅出任務嗎？

皇甫洛雲疑問地將目光挪到連股鳴身上，而連股鳴沒有回答皇甫洛雲，僅是抿緊唇，半垂著眼簾思考著。

他自己也有「移動」的感覺，但為什麼又回到原點？

那像是一個圓環，從皇甫洛雲住家附近為始，接著是前往他要去的目的地，再來就又回到了原點。

撇開圓環，問題點很有可能出自於「認知」上，附近可能有一位讓他們陷入此境的「成因」。連股鳴暗自瞟向皇甫洛雲，會造成這樣的結果之人，十之八九是在於皇甫洛雲。

連股鳴不認為自己是屬於被影響的一方，若是他是引發狀況之人，那他們應該會出現在柳分部，或是讓他心底有個遺憾的連股分部，而不是這個他幾乎沒來過的皇甫洛雲自宅附近。

皇甫洛雲也意識到這點，疑惑地張望附近。

若是幕後有人操控，會選擇他，也許是因為認識。這讓皇甫洛雲想到了姜仲寒。

這會是警訊嗎？

如果是，那麼幕後之人的用意為何？只是周圍的異樣感讓他覺得很不協調，這從他發現自己依然在原地，時間一分一秒地流逝，感覺也越來越強烈。

「菜鳥。」

不用多言，僅是一聲皇甫洛雲立刻召出器具戒備附近。連殷鳴則是緩緩抬起左手，一把黑色手槍驀地上手，然後他扣下扳機——

白色的軌跡劃出，伴隨著「某物」碎裂的聲音。

環視周圍，連殷鳴目光停在一處，不知何時他們已被無數個惡靈包圍。

「嘎哈哈哈，有入侵者呀！」惡靈大笑，「愚蠢的人類，居然敢闖入我們的地盤內。」

「是嗎？這真是怪了。」連殷鳴淡淡地吐出嗓音，話音淡到讓皇甫洛雲差點聽不清楚。是哪裡怪？

不只皇甫洛雲，連惡靈都被這句話吸引住，連殷鳴沒有繼續開口，僅是挪動視線，置在其中一隻惡靈身上。

「誰的地盤？這裡應該是我的吧？」語落同時，連殷鳴持著器具的手抬起，不給惡靈說話的時間，一槍轟下。

下一秒，一顆通體全黑的戒珠在連殷鳴腳下滾落，而由惡靈形成的包圍網，也在瞬間露出一個極大的破洞口。

只因為連殷鳴那一槍打得惡靈措手不及，讓戒珠一次收了不少怨氣。在旁的皇甫洛雲見狀，詫異到差點說不出話來，惡靈們也氣得發出吼叫，認為連殷鳴怎麼什麼都沒說，就直接開槍太不上道。

「還真的以為我會等你們準備好？」連殷鳴哼聲道，「蠢人才會等你們。」

如同方才宣告，連殷鳴將黑槍收起，揚手一甩，符紙從掌心脫出，貼在惡靈身上。

「塵歸塵，土歸土！」

嘴裡念著莫名的話語，連殷鳴將掐在指尖的符紙甩出，符紙感應到怨靈的存在，一張張地虛空浮貼在怨靈身前。

連殷鳴抬起手，指與指交疊，隨即彈起清脆的響指聲。

「轟」的連環響聲此起彼落的迴盪，僅在眨眼間，那些自詡為廢墟主宰者的惡靈全都被滅得精光。

連殷鳴不滿嘖聲，「這裡的怨靈沒見過冥使嗎？」

——還真恐怖。

皇甫洛雲心底只有這句話，他看連殷鳴一派輕鬆地雙手插在大衣口袋內，繼續往前走。

沿路上，皆是一些不長眼的惡靈，哪些惡靈連話都還沒放，就被連殷鳴清得精光。面對如此順暢的通行方式，連殷鳴有些不滿。

「這也太好打發了。」

皇甫洛雲揮動冥鐮，一邊將那些不怕死的惡靈消滅，一邊罵道：「什麼好打發，這些很難纏呀！」

這些怨氣惡靈一來就是一整團，面對前仆後繼的惡靈們，皇甫洛雲看如此輕鬆應對的連殷鳴，只有這傢伙真的很恐怖的感覺。

「冥使。」

猛地，一道嗓音傳入皇甫洛雲的耳中，皇甫洛雲猛地抬頭，又是一群怨靈團。但這回怨靈知道他們的身分。

連殷鳴抬起眼，眸中的冷漠更甚，他抽出符紙，比向怨靈。

「呵，冥使還敢在此地耀武揚威的？」

「有嗎？」連殷鳴冷笑，「礙眼。」

符紙拋出，一記強大雷電降下，朝那怨靈團的中間擊去，青白雷電將那些怨靈電得七葷八素，全都分離了開來。

連殷鳴還沒有動作，皇甫洛雲提起冥鐮，朝怨氣惡靈砍去。

「可惡的冥使！居然耍這小花招！」

「死吧，去死！殺了你們！」

惡靈們暴起，皇甫洛雲輕盈地舞著鐮刀將怨靈們一一收割。

當皇甫洛雲收下最後一個惡靈，他瞟向連殷鳴想看看他有沒有別的指示，但這一瞧，卻看到他露出滿意的微笑。

等等！這有啥滿意的！

「菜鳥。」連殷鳴斜著眼，瞥了皇甫洛雲一眼，說著，「準備了。」

前方出現了一扇門，皇甫洛雲可以感覺出門內的妖異氣息。

連殷鳴拿出黑槍，瞅著槍身一眼，槍身浮現出淺淺的光紋。

「可以用了？」皇甫洛雲問。

連殷鳴搖頭，將槍收起。「門就交給你了。」

皇甫洛雲聞言，冥鐮一揮——將那道門斬成碎片。

沒了門的阻隔，內中濺出黑色的液體。

「嗄？」皇甫洛雲發出怪聲，還來不及反應，便看到那液體朝自己衝去。

連殷鳴見狀，從口袋拿出黑色的鑰匙，他虛空一轉，黑色液體如幻象一般地消失殆盡，連殷鳴雙手一拍，周圍自動出現裂口，幻化成無數個門扉。

但這一動手，門扉立即湧出黑色泡沫。

「嗚，你在做什麼！」不知為何，皇甫洛雲似乎看到連殷鳴在做些危險的事。

「雖說擒賊先擒王，但這王一直都不出現，讓雜碎出來面對……沒那個時間陪他耗，乾脆一口氣把雜碎清了！」

連殷鳴冷哼一聲，拿出一張黑色的符紙，他將符紙掐在指尖晃動，所有怨氣感應到符紙，全都停止了溢出。

「燒吧。」

連殷鳴將符紙拋出，黑色火焰耀起，將那門扉的怨氣全數燒除。最後一片怨氣焚盡，連殷鳴拿出他的器具。

槍身的光紋早已消失，連殷鳴用空著的手撫著槍身，槍上在這瞬間出現了「絕」的篆體字。連殷鳴的器具已經從停機狀態解除。

他扣下扳機，黑槍槍口噴出耀眼白光。

無數個門扉被光芒映得消失無縱，獨留下兩扇門。

「二選一。」皇甫洛雲瞇眼看著立在左右兩邊門，問道：「你要選那一邊。」

連殷鳴的視線沒有挪動，依然維持開槍的動作，槍口直指著前方。

「左右不選呢？」連殷鳴說：「前面。」

符紙搭上器具，連殷鳴扳機再次扣下，槍口射出伴隨著紅色火光的軌跡，所經之處將那些躲藏在暗處的怨魂全數燒得精光。

部分被火焰清掃，沒有當場消滅的惡靈被火焰燒得痛到從暗處跳了出來，身上染著些許的火光，火燒著怨氣，怨靈們無法忍受。

怨靈現，連殷鳴持槍的手挪移，拿著器具的左手改朝怨靈們指去，空著的右手朝大衣口袋探去，他將右手從口袋抽起的同時，立即將手中之物甩出去——

瞬間，空間歪斜，怨靈背後的通道紛紛關閉，封死了怨靈退路。皇甫洛雲見狀，有了動作，冥鐮揮動，將那些怨氣惡靈一舉清除。

最後一個怨靈化作光點消逝，連殷鳴下達下一步指令。

「走了！」

前方障礙掃除，前頭自動出現木造門扉，門咿呀地打開，皇甫洛雲便隨著連殷鳴一同進入其中。

甫一踏入，或者該說是踏出，皇甫洛雲的視線一探，發現他離開了廢墟，這讓他百思不得其解，但看前方的連殷鳴，手中的器具尚未收起，似乎在戒備著周圍。

周圍可以看到黑色的怨氣盤據四方，皇甫洛雲忍不住懷疑自己到底去了什麼充滿妖魔鬼怪的地方，這裡不只是一個前冥使分部的所在地嗎？

「看這樣子，這地方果然沒有冥使巡？」

該說是不意外嗎？畢竟是個被廢棄的冥使分部，若是有人真心討厭這處地方，除非是有什麼嚴重狀況發生，否則不會有人想要到這裡查探，索性放給他爛。

「我們這樣跳出來，是要重新進去？」

好好的一段路，變成從頭開始，皇甫洛雲心底滿滿的無奈。

「不需要。」連殷鳴雲淡風輕地說：「我們沒出去。」

連殷鳴手一張，符紙啪地出現在他的掌上，連殷鳴掐著符紙，一把無名火驀地焚起，他將之拋出符咒，狂風捲起符火，風捲殘雲地將周圍掃上一遍。

這一燒，逼出了一兩隻原本趁隙逃出，想要暗自將他們做掉的惡靈。

「冥使！」

惡靈怒不可遏，它們在此地待得好好的，冥使們居然擾亂它們。

「塵歸塵，土歸土。」皇甫洛雲聽著連殷鳴吐露出方才說過的話語。

原先他以為這是連殷鳴不讓人所知的口頭禪，但卻不然——這是咒語。

這回，地面出現了綠色藤蔓，將那些惡靈們刺穿，並將之拉下。

「束縛咒，困不了它們多久。」

皇甫洛雲聞言，心念一瞬，冥鐮耀起白光，將那些怨靈一次清除。他越來越覺得自己跟連殷鳴的默契越來越好了。

「應該不會有惡靈再跑出來了吧？」

「戒珠滿了？」連殷鳴問。

畢竟也沒有回去柳分部，從柳分部出來到現在他們面對的怨氣惡靈何其多，要不是連殷鳴的器具停機，不然連殷鳴的戒珠也早就滿了。更別說是負責將怨氣消除的皇甫洛雲，他考慮要不要教皇甫洛雲壓縮怨氣收到戒珠裡面，不然在面對武倉庚之前，他們的戒珠就已經滿光到底，餘下對付凶魂惡靈時，無法將怨氣消除，怨氣吃怨氣，化成凶魂惡靈，只怕不斷地輪迴，打也打不完。

「沒滿。」皇甫洛雲刮搔臉頰，不知道該怎麼解釋。

果然，皇甫洛雲這一說出，連殷鳴就愣住了。

「不可能。」這話說得斬釘截鐵，皇甫洛雲帶多少顆戒珠他也很清楚，那些數量或許足以撐到現在，但沒有滿的意思很廣泛，他不太相信皇甫洛雲的戒珠殘留的空間還有很多。

皇甫洛雲面對這肯定的話語，只能尷尬的說明自己的器具與戒珠的狀況。

他的冥鐮頗怪，先前對付怨氣時，戒珠的確有收納怨氣，但不知怎地，這回對付那些東西時，冥鐮所砍下的惡靈都是當場淨化，戒珠根本沒有累積。

面對這般怪異狀況，其實他還挺想要詢問連殷鳴到底是怎麼一回事，但因為連殷鳴本身不愛聽工作之外的問題，他只能作罷。

「……這我就不清楚了。」連殷鳴皺眉，這或許是三冥器的效用？不過柳只有暗示他皇甫洛雲的那把鐮刀是遺失很久的三冥器，其他卻沒有多說。

若真是如此，連殷鳴倒是有了一張好的王牌。

「嗚，武倉庚有辦法激發出這麼多的這麼多的怨氣嗎？」雖說武倉庚已經是個亡魂，但武倉庚要在別人的眼皮底下培養出這麼多的怨靈似乎有點不太可能。

連殷鳴聞言，直接攤手，似乎在告訴皇甫洛雲，他可不知道這些惡靈是否與武倉庚有關，只是單純的認為它們可能會妨礙到他，便先將障礙消除。

陸・過往的謎團

武倉庚站在廢墟之中，眼神空洞虛無地看著闖入其中，出現在自己眼前的兩位冥使。皇甫洛雲以及——連殷鳴。

連殷鳴看著深纏怨氣，怨氣化作鎧甲保護著武倉庚，而他身旁有個掌心般大的黑色光球在武倉庚的身旁轉動。

光球閃現著了奇怪的光波，越盯讓人越來越不舒服……

面對這般怪異的怨氣呈現，連殷鳴忍不住皺緊著眉——雖然這只不過是個小伎倆，但看著武倉庚，雙眼漸漸矇矓，他還是忍不住想起當時——

這是發生在很久以前，屬於連殷分部的過往。

凡事必有因，事件的爆發一定會有其原因，而那原因往往當事人在那時永遠都想不清為什麼，但一遠離時，腦子冷卻了便會找出那個原因。

「吶，分部長，這樣好嗎？」身為連殷鳴副手的武倉庚如此問道，「一直剔除分部員工，又讓更多的新人進入……分部長，我有點擔心……」

「不需理會。」連殷鳴一派閒道，「離去的都是適應不良。」

武倉庚聽著連殷鳴這席話，發出長長的嘆氣聲。

連殷分部的分部長是個冷酷無情的冥使，沒有人敢招惹他，只怕惹到會死無葬身之地。

「對了，分部長，新的戒珠已經到了。」

武倉庚像是想到什麼，拿出一個木頭盒子，將它置在桌前，輕推盒子讓它滑動到連殷鳴那裡。

連殷鳴見狀，抬手壓住盒子，打開盒蓋皺眉看著內中之物。

「怎麼了？」武倉庚懷疑道：「戒珠有問題？如果有問題……要不要請地府調查一下販售人？」

武倉庚的眸瞬間透出狠戾的眸光，對於算計自己分部之人，武倉庚不打算留下。

連殷鳴沒有回武倉庚這句話，搖頭道：「不，將戒珠發下去。」

「全部？」武倉庚狐疑道。

「嗯。」連殷鳴點頭說道：「這次新手多，要讓他們習慣。」

「我知道了。」武倉庚直接將這句話理解翻譯為——新手太多，拿戒珠給他們，讓他們用任務說服他。

武倉庚拿走連殷鳴桌上的戒珠，照著連殷鳴的意思全都發了下去。只是新人們一拿到戒珠又更是不習慣。

只因為連殷鳴的意思太過明顯，有些冥使無法習慣，要拿績效說服連殷鳴什麼的……他們心底都很明白沒有人可以拚過連殷鳴。

只因為連殷鳴負責的是最危險的任務，若是要讓他另眼相看，也要有能力做高危險的任務。

「喂，我們要不要讓他好看？」

一日，連殷鳴的分部內，突然有一個人如此地說。

「……怎麼讓他好看？」

不知怎地，那人的說法讓人好奇，以往這提議只會讓人嗤之以鼻，不會給人行動的動力，但這回卻莫名地吸引了那些想要讓連殷鳴好看的人。

只因為——積怨以深，只差那一點的突破口。

那人瞧見一群想要給連殷鳴好看之的冥使們，那躍躍欲試的模樣，他勾起唇，漾起一抹笑，於是屬於連殷分部的悲劇也應運而生。

暗自扣下的戒珠沒有交出，給了未達每月應達的數量，連殷鳴也不會懷疑，他們是這麼解釋——連殷鳴小看著他們，認為他們不會達到每月的怨氣收集量。

卻孰不知，連殷鳴一點也不在乎那些規定的怨氣收集量，他只在意連殷分部內的任務有沒有處理完成。

直到有一日，那些想要讓連殷鳴好看的冥使們拿出暗自扣下收集的戒珠——因為再不拿出來使用，連殷鳴和武倉庚就會發現被扣下的戒珠數量很不尋常，所以他們行動了。

在武倉庚離開的同時，連殷分部只剩下連殷鳴一人，他們打算直接用了戒珠。卻沒想到，戒珠內蘊藏的怨氣本來就是過多，集結多人的怨氣早在戒珠內融為一體，戒珠內的怨氣破珠而出，引發出的災難近乎與化成業障的惡靈一般的濃郁，那些帶著「惡意」的冥使們，全被怨氣附體，皆朝身體主人的怨恨對象襲去。

連殷鳴僅靠自己一人驅逐了所有怨氣，但也因為如此，他也損失慘重，連殷鳴幾乎投下了所有的壓箱寶，只是為了要即時制住怨氣。當然他也在第一時間張開了結界，不讓外面的人發現連殷分部的狀況。

將怨氣全都處置完畢，連殷鳴拎著主謀到下界審判，他也自請處分，連殷分部也就此消失。

「挺意外你會做出這個決定。」之後柳逢時看著連殷鳴，如此說道。

「廢話少說。」對於認識還不算熟的人，連殷鳴對柳逢時還算客氣了。

「要不要來我的分部？」柳逢時嘻笑地邀約連殷鳴。

「……你是想要嚇死你的分部員工嗎？」連殷鳴深知自己性格不會讓其他冥使分部的分部長願意收留，他幾乎只剩下留在下界當判官的選項。

下界只看功績評斷，不看人的性格，就算無法再次成為分部長，也代表著十王職位與他無緣，但是連殷鳴的資歷足以讓他成為一名冥府判官。

「我這邊很缺人。」柳逢時笑著說道，「宓兒可以幫我調查所有我想要的資訊，但我缺打手……我需要一個有經驗的員工處理麻煩的任務。」

「你想要利用我？」連殷鳴嗤聲說著。

「這說法不太對。」柳逢時露出一抹笑，如是說，「只因為你比誰都瞭解怨氣的危害，我需要一個不能縱放怨氣生成的優良員工。」

「前提是擁有能力經驗，也不怕死是吧？」

柳逢時和甄宓，這兩人在下界也是知名人物，他們只有兩人，卻擁有一個分部——柳分部，他們光操控情報就能夠將任務處理完成，柳逢時「拜託」其他人跨區幫忙的行徑許多人都看在眼裡。

他們這一個分部是不把規定看在眼裡——或者是，他們只遵守一個大方向，針對人的規定他們都不放在眼裡。

柳逢時淺淺一笑，對連殷鳴說，「你也可以當作我利用你。就算下界因為你放棄了分部而不允許你重回冥使分部……因為他們認為不會有人收留你吧？我會處理掉那些反對聲浪，你儘管答應我要來我的分部。我希望你來我的分部，你不要照我這裡的規矩，你的一貫風格請維持，不要改變，你只要聽你自己就好，只是我給你的任務你要接下來。」

「話都說到這分上了，我能不說不嗎？」

連殷鳴勾唇冷哼，變相答應了柳逢時。那天起，連殷分部的連殷鳴成為了柳分部的連殷鳴，所有冥使們對連殷鳴的觀感也從分部長變成了一般冥使員工。

縱使自己的身分出現了天差地遠的改變，連殷鳴也不改自己的行事作風，維持一貫的做法，只是多了會搶任務、不照規矩來、不把冥使的話當人話聽，完全處於自己聽從自己的風格。因為他知道，遇上投訴什麼的，柳逢時會自己處理，畢竟那是要他答應進柳分部的條件。

只是待久了，多少也會懷疑柳逢時的意圖。很明顯地，柳逢時的目標不是那十王的位置，他只想要留在冥使分部看著進進出出的任務，看著不斷變化且樂趣無窮的每一天。

若是成為了十王，期滿之前都只能在下界生活，只能面對那些死氣沉沉、拔除怨氣等待判決的孤魂。

這樣的人生也太過無聊了。

或許這就是他要連殷鳴進入柳分部的原因，是希望藉此抬高柳分部的任務等級，也讓下界重新決定是否要讓他接任空出兩個位置的十王之位。

「唔……」思及此，突然，槍托傳來一股清涼感，連殷鳴忍不住晃了一下腦袋，他下意識地側眼瞥向皇甫洛雲，看見黑色的光球伸出一絲細線，離他們越來越近，他卻在發呆，唇裡發出古怪的話音，當場二話不說地——

開槍打皇甫洛雲。

「啊啊！嗚，你你你……幹嘛開槍打我！」當連殷鳴一扣下扳機，皇甫洛雲聽到槍響，立即回神閃躲，還不忘大喊哀號。

「清醒了？」連殷鳴淡淡問著。

此話一出，皇甫洛雲用力眨眼，張望附近。

他剛才好像神遊去了，滿腦子都是姜仲寒的事情。

「看來那個東西擅長記憶操作。」連殷鳴注視附近，周圍景緻變換成柳分部的景色。

皇甫洛雲看到自己突然站在柳分部的辦公室內，著實下了一跳。

連殷鳴冷冷哼聲，那東西既然能夠將人腦袋記憶挖出來操弄，那麼，他也可以反操控對方的能力。

當連殷鳴把場景限制在柳分部，立即抬起手，將槍口對準在那個扭曲的圓形怨氣上。白色的軌跡從槍口噴出，準確地擊中那團扭曲的中央，連殷鳴手中黑槍的槍身自動掉出一顆通體全黑的戒珠。

此時，穿透圓形怨氣的空間化成了扭曲，內中冒出無數惡靈支離破碎的身軀，爭先恐後地從扭曲處爬出。

「啊啊！出來、出來了呀！」

「去死吧去死吧！關了老子這麼久了，你們誰也別想走！」

「他媽的！可惡啊你們這些自以為是的冥使……」

猛地，惡靈從扭曲處蜂擁而出，怨靈們吐出的各種難聽字眼，無一不是咒罵將它們塞入那狹窄空間之內的始作俑者。

連殷鳴和皇甫洛雲看著那些惡靈，交換眼神立刻有了動作。

皇甫洛雲持著冥鐮，將那些噴發而出的惡靈們當成踏板，朝扭曲處跳去，他揮動冥鐮目標直指扭曲中央，將扭曲處關閉，不讓惡靈從內中湧出。

而連殷鳴朝武倉庚跑去，右手一抖，符紙上手，青綠色火焰點燃符紙，持符的手一甩，符紙成三角的往武倉庚襲去。

連殷鳴再揮左手，黑槍上手時，他也近身逼近了武倉庚，他的槍口對準武倉庚的腦門，他冷然地看向武倉庚，說道：

「死吧！」

扳機扣下，槍口射出白色光芒，砰的一聲——出乎意料，一直殺不死的武倉庚，這次竟然倒下了！

當文陸儀在蕭分部前等不到人而緊張時，她不知道柳逢時和甄宓其實先前早就有了預感。

在柳逢時與甄宓前往蕭分部之前，柳逢時透過冥鏡帶著甄宓先去找劉袓瑾。

面對柳逢時這個做法，甄宓十分不滿。

「柳，你不是說要去蕭分部？」

此時他們來到劉分部之內，柳逢時拉著一張椅子坐下，笑望著坐在辦公桌內的劉袓謹。

劉袓謹雙手交疊，手肘置在桌上，半瞇的眸透著深深的睡意，他打呵欠道：「你們來這裡做啥？」

此話一出，門口傳來東西倒地的乒乓聲，劉袓謹朝門口方向望去，淡淡道：「這裡要開會，出去吧。」

「分部長，你們這模樣像是開會嗎？」劉分部的冥使聞言，充分懷疑劉袓謹這句話毫無可信度。

「出去吧，有狀況你再進來救我。」

劉昶謹一說完，劉分部冥使立刻甩門離開，壓根不想聽劉昶謹的廢話。

「唉，我的員工還真的是……」劉昶謹長嘆口氣，他的員工都快欺壓到他的頭上了。

「這還挺面生的，這位是你在這裡收的新人？」柳逢時看著對方離開，笑笑道，「他還真不瞭解你，你做事習慣不解釋。我看以後我們有約，還是通知他們吧！」

「有必要通知他們嗎？」劉昶謹撥了撥頭髮，冷言道：「只是談話而已，沒必要特地跟其他人說。我想，就算換成是你，你也不會說吧？」

「說得也是，因為我只是想要跟你談談你那位同學，就是皇甫小弟跟姜仲寒同學唷！」

劉昶謹盯了柳逢時許久，掌心向上，朝柳逢時伸去。

「劉昶謹同學，這會讓我傷心呀！」柳逢時笑著說道。

「……我們分部不會付錢給別的分部，你死心吧！」甄宓哼聲道。

「柳，你沒跟她說來我這裡要安靜？」劉昶謹目光移到甄宓身上，呵欠又道：「沒有情報，我是不會給你任何的資訊。」

這一句話便打死了甄宓口中的「錢」，劉昶謹看甄宓那很想殺了他的模樣，滿意地露出微笑。

「我有先跟宓兒說呀！」柳逢時嘻笑道，「但宓兒的個性你懂得，不是嗎?所以你也別跟她計較了。」

劉袓謹勾唇冷哼，便不再多言。

「柳，這小子……」甄宓露出不滿的嘟噥聲，對於仰賴前人而成為分部長的冥使，對她而言就跟富二代沒啥兩樣，對於冥使的黑暗面，她相信劉袓謹根本都不清楚。

而且她跟劉袓謹見沒幾次面，劉袓謹怎麼會懂她呢？

「宓兒，禮貌一點，畢竟劉袓謹同學也是名分部長，不是一般的冥使。」柳逢時低聲安慰甄宓，接著對劉袓謹道：「你對皇甫小弟的認識有多深？」

「跟你一樣，只是我不像你會拐他入分部，我沒有。」

果然。

柳逢時眼簾半垂，打量著劉袓謹。

看來劉袓謹打從一開始就知道皇甫洛雲是冥鐮持有者，但對於他不拐皇甫洛雲入劉分部，反而讓持有生死簿的文陸儀進去，這也讓他有些疑慮。

劉袓謹看出柳逢時的疑惑，輕聲道：「皇甫只會依賴我，靠我他只會破產，你不會。」言下之意，皇甫洛雲進入柳分部才能夠學到東西。

柳逢時嘴角牽動，對於眼前這名大學生的樣貌與年紀，心思卻跟他的外表與年齡不同。而且下界對劉袓謹的評價很高，這讓柳逢時懷疑了劉袓謹的身分並沒有表面上這麼單純。

「姜仲寒，你查得怎樣？」柳逢時說：「你跟皇甫小弟約好了會交換情報，是吧？」

「嗯。」劉袓謹點頭說：「只是我不太想跟他說。」

「為什麼？」

「皇甫秋清。」劉袒謹淡淡說道：「皇甫是古董店之主，保存冥鐮一段時間，雖然只有少部分的人得知，也很有可能在交與皇甫秋清冥鐮時，那些知情者也被處理了也不一定。」

「哎呀呀，是皇甫小弟跟你說的嗎？」柳逢時笑著說道。

「嗯。」劉袒謹有一段時間都在聽皇甫洛雲說明有關於夢境之事，他當然知曉。

皇甫秋清與冥鐮的關係，之於皇甫洛雲和冥鐮，或許代表皇甫洛雲與冥鐮有聯繫，也是下界有人看出了這一點。

但是誰看出呢？那像是被人刻意擦掉一樣，至今沒有人知道這是誰提議，無人想起。

「你會突然提到古董店之主，一定有你的原因吧？」柳逢時眨眼道。

「姜仲寒家庭發生事故沒多久，皇甫就找上我，跟我說他爺爺過世了，還有他被你拐走成為冥使，你還用盡各種方式想留下他。我想，這應該有所關聯。」劉袒謹沉思道，「皇甫調查重點在於仲寒，但我對於皇甫秋清之死頗有疑慮，在文家之人來到我的分部，我就確定了。」

答案就算不用說出，柳逢時也明白了，但他還是明知故問地問著：「確定什麼？」

「少在那邊跟我打馬虎眼，你明白，我也清楚就好，只是這件事不要跟皇甫說就是了，我不希望這件事擾亂了皇甫的步調。」

「果然是好同學呀！」柳逢時哼聲笑著，他看劉袒謹不想要繼續談論這話題，又問：

「劉昶謹同學，你對於這次蕭分部的事件，你有什麼想法？」

「蕭分部問題頗大。你好自為之。」劉昶瑾說話不拖泥帶水，直搗重點，但也不想讓自己被陷害蹚這一場不想踏入的渾水，也將事情撇得乾淨。

「啊哈，好自為之……劉昶瑾同學你還真無情，不打算看我們都是冥使的分上而互助嗎？」

「助也是助到你，我可沒有任何好處呀！」劉昶瑾道：「況且那是你們柳分部跟蕭分部的問題，與我無關。」

柳逢時勾起唇，笑著說道：「皇甫小弟目前身陷其中呀！你不打算看在你們是朋友的分上而幫助他嗎？」

聽柳逢時這席話，劉昶瑾心知柳逢時千方百計就是想要拐他入局，他起身手搭在桌上道，「柳，你想說什麼就別拐彎抹角，我的時間沒有你這麼多。」

柳逢時聞言，呵呵笑著，「嘛，劉昶謹同學你還真冷淡。」

「對你還需要熱情嗎？」劉昶謹翻白眼道。

「說得也是，太熱情宓兒會生氣的。」柳逢時抬眼，朝身旁嘟嘴生氣，一句話都沒有吭聲的甄宓，「宓兒，妳不說話讓我覺得怪怪的呀！」

「柳，如果你希望我說出來的都不是你要聽的，那我不介意說出來。」甄宓開口道。

甄宓這席話使得柳逢時不知該怎麼回話，只能乾笑以對。

「好吧，我是想要問你蕭分部的問題。」柳逢時看劉昶謹離開自己的座位，走到他的位置身旁，他也起身，又說：「你們交接的狀況清楚嗎？」

畢竟柳逢時他們要去蕭分部調查，在前往蕭分部之前，能夠先收集好蕭分部資訊也不是不妥。

「我不清楚，可能要問剛才被我氣跑的那位，交接是他處理的。」劉袓瑾直言又道：「現在蕭分部的鄰近分部是你的柳分部，憑你的個性，對蕭分部狀況還不了解？」

「還真了解我呢！」柳逢時淺笑道，「不過我有別的問題想要確認。」

「確認什麼？」劉袓瑾只想要裝死。

「你身為分部長，沒有與他確認所有交接事宜，就這樣扔給其他冥使處理？」柳逢時問。

「嗯，那時候我有事，就全權交給我的副手處理。你們也見過我的副手，只是他現在在下界沒有上來。」劉袓謹手抬起，食指置在唇邊道：「只能說，無巧不成書，對方也算準我沒去，交接完後，我的副手跟我說，蕭分部的分部長沒有出現，我想，就算我有去交接，他也會派人處理。」

這話讓柳逢時沉默思考著。

甄宓也偏頭想了很久，問道：「為什麼你們兩個都是派副手交接？」這的確是讓人感到詫異的巧合。雙雙都派出副手處理，感覺有什麼不能說的祕密。

「因為有不想露面的理由吧。」劉袓謹露出高深莫測的神情，低言道：「如果有，或許我看到他就可以清楚了呢！只是我的直覺告訴我，重點要放在仲寒身上，所以蕭分部引發的那件事我就沒有過問。那天發生狀況後，下界還特地派人上來請我去處理，但我想這件屬於『前連殷分部』的家務事還是交給連殷鳴處理，我就沒有答應了。」

聽聞此句，甄宓忍不住用力垂下了眼睫。

冥府派人拜託劉袓謹處理？劉袓謹一介凡人之軀，有什麼本事需要讓下界派人上去委託。另外就是，她沒想到劉袓謹居然會知道連殷分部之事，畢竟那件事的發生，劉袓謹還沒有當上冥使。

「……果真是高深莫測。」甄宓吐出只有自己可以聽見的呢喃嗓音。

甄宓不得不承認皇甫洛雲每次提到劉袓謹的必說之話多麼的對。

「另外就是——」劉袓謹還沒說完，又道：「憑柳你的個性，不會不讓皇甫過去吧？既然柳分部精銳盡出，我也沒有插手的必要。」

「精銳……新人算嗎？」甄宓哼聲道。劉袓謹也太高估皇甫洛雲的能耐了。一介新人還能有多少作為？甄宓至今還是認為皇甫洛雲沒了那冥器，就只剩下不信邪的鐵齒性格。

只是甄宓沒有想到，這話一說完，劉袓謹和柳逢時卻同時開口道，「別小看皇甫（皇甫小弟）他呀！」

這讓甄宓又半句話無法吐出，她一直不懂，皇甫洛雲就算持有著三冥器的冥鐮，他不會使用，神兵也是廢鐵，這兩人卻一直認為把神兵當廢鐵使用的人可以讓神兵使出它應該要有的威力。

「宓兒，我的做法妳懂的，我不會打沒把握的仗。」柳逢時接著又道，「我不會因為收了皇甫小弟而不理妳呀！」

面對如此不正經的回答，甄宓只能嘆氣以對。

「唉，我知道了。」

另外則是甄宓明白柳逢時只要下定決心，她再多說也沒用。

「對了。」劉昶謹想了很久，說道：「我確認一下，蕭分部的戒珠都被收走了？」

「嗯，所以他們的任務都轉到我的分部上面，蕭分部現在其實也跟廢部沒有兩樣。」

柳逢時的回答讓劉昶謹頻點頭思考，甄宓與劉昶謹接觸至今，完全不瞭解他到底是怎樣的人。

「柳，你們的戒珠目前是在哪裡？」

劉昶謹疑惑問著，柳逢時說：「溢滿的戒珠都在下界，我這邊只剩下空的。」

「……為什麼我會覺得柳分部的空戒珠會有危險呢？」劉昶謹偏頭說，「如果武倉庚的目的在於戒珠，因而偷走蕭安聞分部內的戒珠。那麼他會不會去你柳逢時的地盤，拿走你那邊的戒珠？」

此話一出，柳逢時發出噗嗤笑音，「這還真剛好呢！」

甄宓見到柳逢時那自信滿滿的模樣，一樣笑著回應，「如果這麼做，剛好入了柳的下懷呢！」

「劉昶謹同學，一切都是註定的，你說是不？」

柳逢時露出微笑，如此地說，而劉袓謹沉下臉，輕聲道：「柳，別做得太過火，有些事不是你能掌控的。」

「這嘛，就不用你費心了，柳他自己會注意。」甄宓走到柳逢時身旁，對劉袓謹點頭說：「我想，我們的交談就到這裡為止了吧？另外，你應該不介意讓我借走在你這裡工作的文大小姐？」

「要借就借，我會先跟陸儀說說。」

原本打死不幫忙，聽到借人就答應得如此迅速，甄宓有一種想要把劉袓瑾的腦袋敲開，看看他的腦內構成是什麼。

「哦？這麼乾脆？」果然，就連柳逢時都懷疑劉袓瑾答應得乾脆，這裡面一定有貓膩在。

「最近分部有點狀況，不太想讓陸儀來這裡。」

有狀況？

柳逢時的耳朵捕捉到關鍵字，他皺眉問道：「什麼狀況。」

「沒什麼，小事而已。」劉袓瑾擺手說著，「屋靈嘛，留不住也只能換了。」

換屋靈。

這話讓甄宓忍不住擔憂了，瞧劉袓瑾說得如此清淡，但換屋靈一事，卻是何等的嚴重。屋靈是冥使分部的命脈，屋靈身亡或是變動更改，都會讓冥使分部內的「構造」停擺。

怎樣的狀況讓劉袓瑾寧願讓分部構造停擺呢？

甄宓暗自朝柳逢時望了一眼，或許柳逢時能夠從劉昶瑾那裡問出答案？

「好了兩位。」劉昶瑾搖頭道，「你們也該回去處理你們的工作了吧？」

逐客令出，甄宓也只能按下疑惑，跟著柳逢時一起離開劉分部。

柒・案中案

皇甫洛雲揮舞著冥鐮，聽到腦後傳來某物重擊倒地的聲音，他回過頭，看到武倉庚被一擊倒地。

——真狠。

想著先前連殷鳴對他的宣告，看來連殷鳴果真下手絕不手軟。

真的不留活口？

皇甫洛雲心思在連殷鳴那方，卻也讓自己出現了破綻，惡靈趁皇甫洛雲恍神，揮舞著伸長變形的肢體，溢滿讓人不寒而慄的怨氣，群起攻之，打算殺得皇甫洛雲一個措手不及。

縱使心思在他處，皇甫洛雲也沒有忘記他是負責對付怨靈，不讓那些東西阻礙連殷鳴PK武倉庚。

雖是如此，就算皇甫洛雲有這個心，他這裡也危機重重。

一時的閃神，讓他來不及將那扭曲處封閉，怨靈集結，化作一個清晰的黑色人形，人形抬起漆黑的手，空手接住了皇甫洛雲的攻勢。

皇甫洛雲見狀，驚訝的抽刀跳離。

怨氣實體化！

周圍的怨氣惡靈不知何時消失了蹤跡，實體化的人形走到扭曲處之前，只要有怨氣從內中溢出，一碰觸到人形，皆消失殆盡。

皇甫洛雲心底很清楚，這東西在吸收怨氣的力量增強自己。

面對這般危急狀況，皇甫洛雲也不打算讓那人形繼續吸收強化，當機立斷地揮刀。冷冽的鐮刀白芒朝人形砍去，人形見狀，閃過皇甫洛雲的鐮刀攻擊。

但這一躲，卻給了皇甫洛雲將扭曲處關閉的機會，冥鐮耀起白光，將那處扭曲關閉，不再讓怨氣從那處流出，讓人形攝取怨氣。

人形吐露出話語，抬起手，手指崩解化作黑色細沙，又化作一隻隻惡靈，鋪天蓋地的朝皇甫洛雲撲去。頓時，皇甫洛雲心中只有死定了的想法。

「冥使，凝眼。」

他可沒想過對付這些惡靈怨氣會有掛點的危機呀！

皇甫洛雲摸索口袋，拿出兩張符紙，朝來襲的惡靈拋去，惡靈與符紙接觸瞬間，符紙黃光炸出，惡靈炸得粉碎。

隨即，人形又有了動作，皇甫洛雲壓根不想要知道人形想要出什麼招，他揮刀一砍，人形沒有如他預料地一分為二，人形周身的怨氣堅硬如鋼，紋風不動。

皇甫洛雲見狀，詫異到不知道該如何開口。

「冥使，去死！」

人形吐出話語，抬手朝皇甫洛雲揑去，他向後一退，躲過人形攻勢。

「呵、哈哈——老大的障礙都要去除啦！」

這話讓皇甫洛雲霎時頓住，惡靈人形的老大？

不知怎地，皇甫洛雲想到了姜仲寒。

這猜想讓皇甫洛雲起了激靈，雙眼一銳，雙手握著鐮刀柄部，用轉動的方式朝人形襲去。

「快呀，快殺了他！去抓了他！」

周圍頓時生出許多惡靈，皇甫洛雲覺得這是跟隨姜仲寒的惡靈。

殺，是殺他，抓，又是抓誰？

皇甫洛雲見惡靈紛紛往連殷鳴的方向飄去，看來他們的目標是武倉庚。

惡靈抓惡靈，著實詭異！

人形的戰圈挪移，不斷往連殷鳴的方向跑去，皇甫洛雲擋著惡靈，也要防止人形惡靈跨越防線攻擊連殷鳴。

「哼！」

皇甫洛雲的耳朵捕捉到這宛若暗示的訊息，從古董店拿出的符咒上手，皇甫洛雲藉著符咒與器具的加成，將周圍的惡靈驅逐，同時扭頭朝連殷鳴方向看去。

在這之前，皇甫洛雲有瞧見連殷鳴將武倉庚毫不留情地ＫＯ掉，而現在武倉庚卻是站著的，他距離連殷鳴有些遠，似乎在保持著距離。

皇甫洛雲注意到連殷鳴的眉頭皺得死緊，一抹情緒從連殷鳴的眼角閃過。

難道武倉庚他？

「殺！」

思考截斷，人形的聲音阻擋了皇甫洛雲餘下的思考，他的目光重新放在人形身上，雙手緊握冥鐮，而鐮刀刀身瞬間泛起白光。

「霜！」

皇甫洛雲不想繼續跟人形浪費時間比畫，他喊著手中冥鐮之名，鐮刀刀身霎時泛起篆體「霜」字，然後，皇甫洛雲揮刀——

「早該知道了呢！第一次交手我就知道了。」連殷鳴槍口依然指著對方，如此說道，「你死了吧？庚。」不然，不會見到他連一句話都不說，也不會毫無重量。

縱使連殷鳴與皇甫洛雲心底十分清楚，但當局者迷，或許武倉庚並不知道。

而武倉庚聽聞此句，怨氣噴發出更加強大的黑氣，黑中卻隱藏的深紅色彩，連殷鳴抬起持槍的手，豪不猶豫地說：

「斷罪。」

槍身浮現出紅色字跡，將槍染成一抹紅，他扣下扳機，穿過了武倉庚的心口，也讓他周身的怨氣鎧甲被擊碎，顯現出底下的樣貌。

那是有著鬱色神情的青年，他身著冥使的制服，而眸中透出深沉的死亡氣息，少了實體化的怨氣鎧甲，武倉庚周身的怨氣更加的猛烈，就連皇甫洛雲都可以感覺出武倉庚的威脅。

皇甫洛雲發動冥鐮一口氣將人形消滅，踏入連殷鳴的戰圈，見到武倉庚的真正樣貌時，不免地心底抽了一下。

——柳逢時以前與他說過，冥使對怨氣的抵抗力比較高，不會輕易地被控制。

但他眼前卻真實地出現了一位冥使化作而成的惡靈。

由於近距離的觀看武倉庚，皇甫洛雲更加確認自己的猜想。

眼前的冥使是個只剩下意識，被怨氣包裹的死魂。而這也讓皇甫洛雲疑惑了，自然地，連殷鳴亦同。

「怨、戒珠……分部……」

只見名為武倉庚的惡靈張起唇，吐露出破碎的言語，他看著連殷鳴，全黑的眼窩透出殷紅的瞳仁，他對著連殷鳴，大聲嘶喊，像是要將心中的這股怨氣宣洩而出地縱聲大喊

「死、死吧！全都消失！」

連殷鳴向後滑步一退，皇甫洛雲還沒意識到連殷鳴後退的原因，他就看到武倉庚拿出兩把短刀，朝連殷鳴刺去。

器具？

之前看到沒留意，但沒想到怨氣纏身竟然還能用！

皇甫洛雲疑惑地看著武倉庚手上的短刀，兩把短刀個別刻上「鎮」和「驚」的篆體字。

皇甫洛雲知曉連殷鳴的器具只要使用紅色戒珠就會暫時「停機」，他立刻揮動冥鐮阻止武倉庚攻擊連殷鳴。

甫一擋在連殷鳴身前，連殷鳴不留情地將皇甫洛雲推開。

「菜鳥別擋路！」

皇甫洛雲正想要吐連殷鳴的器具好不容易恢復正常使用狀態，結果他又用了讓器具暫時罷工的強力武器，聽到這一喊，吐槽的底氣頓時消失，立即向後一退，以免阻礙了連殷鳴。

「嗚！器具不能使用不要勉強呀！」但話才剛說完，皇甫洛雲就看到連殷鳴拿出一張黑色的符紙貼在槍身。

這張符並非是古董店內的產品，皇甫洛雲很確定。

「絕！」

黑色符紙強制讓器具從停機狀態解除，連殷鳴迅速地抬起手中的槍，對準武倉庚的眉心，用力扣下──

「砰」地一聲，武倉庚隨著槍響向仰倒，連殷鳴立即抓著皇甫洛雲的手，拋出符紙並向後退。

皇甫洛雲卻不清楚連殷鳴這用意，只因為他把那用來防止武倉庚脫逃，包裹在廢墟之外的結界收了起來。

正當他想要問連殷鳴收起的原因，他便看到原本那漫天的怨氣頓時向外擴散。

「怨氣不散很麻煩。」

連殷鳴言下之意，方才連殷鳴中槍倒地又爬起，都是怨氣在搞鬼。

而怨氣這一散，武倉庚倒在地上沒有爬起，連殷鳴摸索口袋，摸著摸著，發出彈舌聲。

古董店的符咒快沒了。

「菜鳥，沒有用符就給我。」

「呃……」皇甫洛雲嘴角抽搐，這傢伙不能說「請」嗎？

雖然皇甫洛雲頗有微詞，但還是拿出符紙，連殷鳴看到符紙立刻抓下，抬手揮出泰半符紙。

「啊啊！你這也太浪費了啦！」皇甫洛雲見狀，發出哀號。

這麼好用的符咒若是揮霍光了，那之後可就麻煩了。

連殷鳴壓根不想理會皇甫洛雲的慘叫，他重新張開結界，這一次，他張的是雙重結界，結界安下，連殷鳴再從口袋中拿出一張看似破爛的符紙。

他將破符扔出，符紙穿透第二層結界，來到最外側結界的中央時，連殷鳴緩緩抬起手，指與指交疊，發出清脆的響指聲。

皇甫洛雲見狀，立即抬手摀住耳朵，直覺告訴他，這不太妙呀！

果然，下一秒他就看到符紙發出耀眼的火光，蒼白色火焰焚起，直線朝倒在地上的武倉庚襲去時，一道黑影劃破火焰，將之擊碎！

皇甫洛雲詫異一看著黑影掉落的地方，那處有一把綁著鏽蝕鈴鐺的破爛黑鐮，皇甫洛雲見狀，大喊：「那是……」

話語尚未說完，上方出現陰間道路，一抹紅色身影隨之跳入，輕盈地落在鐮刀所降下之處。

隨著紅髮青年的到來，周圍無風自動地溢出怨氣，凝結成一隻隻的惡靈。

「老大、老大呀！」惡靈們喧囂，喊著來人。

青年沒有搭裡惡靈們，目光挪向地面的戒珠，他握緊黑鐮刀柄，想也未想，手起刀落——地面的戒珠霎時碎裂，內中的怨氣隨之而出。

「冥使呀！老大快給這些冥使好看。嘻嘻！小瞧我們的冥使要付出代價吶！」

惡靈們鼓譟，對連殷鳴吐露出怨恨的話語，囂叫著。但連殷鳴的目光都沒有放在這些惡靈怨氣上頭，他指死瞅著在紅髮青年身後之人。

武倉庚就站在紅髮青年的身後，他被姜仲寒拎起，藉著己身的怨氣，補足武倉庚與連殷鳴交戰失去的怨氣。

青年微側著頭，看著武倉庚，皇甫洛雲見狀，心情頗為複雜。

姜仲寒出現了，如同他的猜想，真的出現在他的面前。可是他卻站在武倉庚的身前，難道武倉庚和姜仲寒是同夥？

可看先前惡靈想要襲擊武倉庚的模樣，他們也不太像是同夥。

皇甫洛雲帶著複雜的思緒，握著冥鐮的手微張微合，思考出手時機。連殷鳴僅是淡淡地看向皇甫洛雲。

「哼，剛好。」

「好像是這樣。」皇甫洛雲乾笑回應。

但這時，異狀逢生！

姜仲寒身後的武倉庚全身劇烈抖動，周圍的怨氣變得更加濃郁，讓空氣顯得更加窒礙與濕黏，皇甫洛雲看到武倉庚頭微低，看不出他的眼神，但可以明確地看到武倉庚那抽動的嘴角。

「哼、哈哈哈哈——」

武倉庚突然大笑，笑中帶淚，兩條腥紅的鮮血從眼窩流下，在這霎時武倉庚有了動作，他握緊雙手的短刀，朝姜仲寒揮刀砍去！

姜仲寒見狀，立即躲過武倉庚的攻勢，舞著鐮刀輕盈地擋過毫不間斷的攻擊。

「老大殺了他呀！殺了這不長眼的東西！」

像是看戲，惡靈們興致高昂地喊著，這話彷彿像是在宣告武倉庚和姜仲寒並非同路人。

果然！

皇甫洛雲半瞇著眼，立刻提刀阻擋姜仲寒。

面對突然的刀風，姜仲寒向後退去阻擋皇甫洛雲的攻擊。

「別來攪亂，冥使。」聽不清情緒的抑揚頓挫的嗓音讓皇甫洛雲心臟抽痛，但他不能示弱。

「霜！」

皇甫洛雲大喊器具之名，冥鐮隨之解放，白光霎時綻放，將整間分部映得如白晝一樣。

周圍惡靈和怨氣紛紛走避，冥鐮的光彩讓惡靈們無法靠近，姜仲寒見狀，眉頭皺緊，露出難得明顯的情緒。

面對這瞬時的猶豫，皇甫洛雲二話不說地揮刀攻擊，躲遠的惡靈見狀，不滿大喊：

「可惡的冥使，耍小聰明！」

皇甫洛雲一點也不想跟這些惡靈多費唇舌地爭吵，跟連殷鳴混久了，耳濡目染下連殷鳴的習慣也學上了幾分。

省時省力，不給惡靈任何的機會，與其等它們發大絕，還不如在惡靈最弱的時候將其擊潰。

惡靈們躲過皇甫洛雲的攻勢，它們因皇甫洛雲而憤怒，姜仲寒和武倉庚激鬥中，無人能夠插手，當它們甫一回神，卻發現一個問題。

連殷鳴呢？

走在前頭，被主人的主子警告的必須戒備之人在它們的眼前消失了。

當惡靈們還沒意識到些什麼，它們看到地面浮現耀眼白光。一道道的白紋勾勒出線條，毫無死角地將之包圍。

「滾出去。」

淡漠的嗓音在空氣中迴盪，宛如命令的言語驅使著惡靈不得不注意，下一秒，地面光芒更加耀眼，須臾，內中的惡靈全數驅逐。

突如其來的驟變，讓姜仲寒和連殷鳴停住了手腳。

連殷鳴驀地從他處走出，他的手中拉著一條白色絲線，唇角勾起，顯出難得的深深笑意。

「滾出去。」

這是第二句，這即為宣告。

除了武倉庚，所有惡靈和姜仲寒全數被連殷鳴驅逐。

「也不想想這裡是誰的地盤，惡靈們。」

身為廢墟以前主人，前身為連殷分部的分部長——連殷鳴將手中的絲線拋下，冷然地說著。

◎　◎　◎

「挺意外兩位居然會來到這裡。」

此時的蕭分部內，蕭安聞忍著痛，坐在辦公室內看著柳逢時和甄宓。

「想要關心一下你的狀況。」柳逢時嘻笑道，「讓我們一直卡著你那邊的工作，我們也很困擾。」

蕭安聞看了甄宓一眼，苦笑道：「一直想要問柳分部長一件事。」

「什麼事？」

「挺意外她居然真的替你工作。」

此話一出，柳逢時露出一抹高深莫測的微笑，「是呀，宓兒是為了我工作的。」

甄宓聞言，也笑著回應。「嗯。」

「可以跟你借人嗎？」蕭安聞道。

「噯這可不行。」柳逢時果斷拒絕，「宓兒是非賣品呀！連借都不可以。」

「因為那個『保證』？」蕭安聞想起了一個傳聞。

柳逢時笑著回應，「噯，錯了，是我把宓兒賣掉才有那個『保證當上十王』的保證。」

蕭安聞瞇起眼，搔搔臉頰，無奈道，「果然是準判官呀！」

柳逢時聞言，淺笑沒有回應。

甄宓與文陸儀一樣是具備判官的資格，但不同的是，甄宓曾經是準判官，也就是現任判官，而文陸儀是繼任判官。

只是甄宓判官當到一半，就回鍋當冥使，而且還是當柳逢時的冥使。

或許是甄宓這位現任判官回鍋去當冥使，便有很多外傳的留言。

例如只要讓甄宓當自己分部的冥使，十王寶座穩定入手。因為下界需要甄宓這位能幹的判官，只要甄宓所待的分部將甄宓回歸冥府官位，便可以讓那分部的分部長具備準十王的資格。

但柳逢時至今都沒有將甄宓推回下界工作的打算。這也是讓所有人好奇的地方。

「給我武倉庚的情報吧！」柳逢時開門見山地說道。

「要給我早給了，不是嗎？」蕭安聞探了口長氣，對於柳逢時這項要求，頗有困難。

畢竟這是已經給過的情報，重複給就沒有新意了。

「說得也是。」柳縫時摸著下巴，點頭附和。

「如果沒什麼事，讓我休息吧。」蕭安聞嘆氣道，「很感謝你們幫我找庚，等到我復原，你們還沒找到人，希望你們可以把這任務歸還我們處理。」

「沒問題，你不用擔心。」柳逢時嘻笑回應，拍了拍甄宓的肩膀，兩人一同離開。

柳逢時和甄宓一起踏出蕭分部的門口，位在遠處躲藏的文陸儀見狀，立刻跑了過去。

「裡面如何？」文陸儀說：「我已經跟阿昶報告了，你們接下來要怎麼做？」

雖然正事重要，但甄宓有話要說：「柳，為什麼不要我說話！」

「宓兒，我有我的考量呀！」柳逢時抬起抬起手，晃動道。

「是嗎？」甄宓深深懷疑柳逢時這句話。

「宓兒，有件事我想要拜託妳。」

「說吧。」甄宓大概知道柳逢時想要她做什麼，神情顯得有些無奈。

「我要妳潛入蕭分部。」

這話讓甄宓傻眼，「等等，我們不是才剛從蕭分部出來？」

柳逢時聞言，搖頭道：「不一樣，我們這次是潛入，若是蕭分部內有什麼祕密，我相信這一潛一定可以翻出答案。」

「我要去嗎？」文陸儀問。

「嗯，我們三個要進去。」柳逢時說出自己的計畫，「若是蕭分部之內有問題，我們三人也好照應。只是重點地方的潛入必須要請宓兒妳一人獨自擔綱了。」

「沒問題。」甄宓早就習慣了，也不差這一回。

既然甄宓這裡沒有問題，柳逢時笑看文陸儀，「妳呢？」

「可以。」

文陸儀揚手招出生死簿，對於即將前來的任務，認真以赴。

而生死簿甫一拿出，文陸儀便發現蕭分部沒有表面上這麼簡單。這一瞧，文陸儀臉色霎時一變。

「怎麼了。」柳逢時問。

「怨氣變濃了。」

柳逢時咀嚼文陸儀這席話，笑著說道：「啊，蕭分部那邊有些狀況，屋靈並沒有在分部之中。」

這也是柳逢時敢潛入蕭分部的主因。

「好了，那麼我先進去了。」甄宓淺笑，揚手一揮，黑色毛筆驀地浮現在她的掌中，毛筆一揮，黑色的墨水霎時勾出一條線條。

甄宓勾起唇晃動手中的毛筆，輕鬆說道：「柳，我先走了。」

語落同時，甄宓便消失在柳逢時與文陸儀的眼前。

「走吧。」柳逢時召出自己的器具。

黑色的刀刃虛空一劃——一條通道顯現而出，柳逢時便和文陸儀一起踏入其中。

先行進入其中的甄宓小心翼翼地觀察蕭分部內部，卻沒有任何發現。就算靠著器具引導方向，內中根本沒有任何有用訊息。

是柳逢時想太多了嗎？

但柳逢時的為人並非如此，甄宓必須要考慮其他的可能。

根據以往所遇到的狀況，越是乾淨的地方更是有鬼，更別說是冥使分部之內。

明明被人攪亂一翻，居然還是一樣的懶散？

甄宓跟著毛筆畫出的線條，來到武倉庚的房間，摸索內中，查看裡面有沒有線索。先前柳逢時有發訊給蕭分部，武倉庚可能有在蕭分部內留了點東西，要他們注意看看。

但從發訊息到現在，他們都沒有收到蕭分部的訊息。這讓甄宓認真思考，蕭分部一點也不在意這件事？

正當她要離開武倉庚的房間，檢查其他地方時，她聽到了聲音。

瞬間，甄宓立刻朝聲音的發源地望去，她走到武倉庚的床位，抬手壓了壓床板，發現床板有些異狀，甄宓將床墊掀開，敲敲床板，看到木板翹起，用空著的手將床板拉開。

床板之下，有許多文件。

甄宓瞇起眼，看著床內文件，這些並非蕭分部的文件，全數都是屬於過往連殷分部的資訊，她看著那些文件，眉頭也隨著挪動的視線而皺起。

這是名單。

屬於連殷分部員工的名單，但這些名單上的名字都被劃掉了，而那些名字甄宓也很陌生，幾乎沒有一個是看過的。

唯有一張有著連殷鳴名字的名單上沒有劃掉。

看見名單上唯一沒有槓掉消除的名字，甄宓吐出疑惑嗓音，呢喃道：「沒劃掉……是沒死的意思嗎？」

思考之際，甄宓嗅到了怪異氣息，她趕緊找個地方將自己的身影掩蓋，打量著周圍。附近變得十分深暗，像是有什麼東西在吸食著空氣溫度以及將周遭色彩渲染成黑。

甄宓屏著呼吸暗自覷著其中一處，一名身穿冥使大衣的男子讓她無法看清樣貌，但那模樣卻讓甄宓覺得很熟悉，彷彿方才就見過面似地。

看著他行走方向，甄宓看到對方身影從她眼前消失，立即追了過去。

跑到一半，一隻手抓住了甄宓的手腕，將她拉到另外一處地方。

甄宓下意識地想要抬手反抗，但一看到對方那嘻笑神情，立刻漲紅著臉，手拳起，朝對方的胸口打去。

「柳！」甄宓壓低嗓音低聲罵道：「你在搞什麼鬼！」

「宓兒，我救了妳，妳不能感動一下嗎？」柳逢時抬起手噤聲說道，「噓，安靜，這是確認大將的最後機會呢！」

甄宓不解，但下一秒就懂了柳逢時的意思，只因為對方又回到原處。

「他是個很小心的人。」一旁的文陸儀小聲道：「他覺得你們沒有離開。」

柳逢時勾唇淺笑，沒錯，他們沒有離開，畢竟重頭戲可是在這行動裡呀！柳逢時拿出他的器具，黑色長刀入手，尖端指著那個人，並小心不讓自己所在方位被對方察覺。

甄宓見狀，右手摸著左手花印記，打算叫出自己的器具。

「不需要。」柳逢時笑著對甄宓說，「現在有我在。」

甄宓聞言，先是一愣，抬起的手緩緩放下，「是嗎？等一下不會需要我幫你？」她輕笑一聲，走到柳逢時的身後，柳逢時笑笑地拿出冥鏡，遞給了甄宓。

甄宓揮手，冥鏡的鏡面顯現出影像。

『哼，柳分部那裡似乎聞到了什麼，是你說的嗎？』

熟悉的嗓音傳入柳逢時他們的耳中，看到那名男子的模樣，的確是他們所想的那個人。

『沒有！我沒有！』在男子身前，一位冥使倒趴在地上發出哀號音色。

「蕭分部的……」文陸儀手掩著唇，難以蓋掉唇中的驚訝。

『戒珠呢？』那人說，『別以為你跟武倉庚聯手我會不知道。交出你們所藏的戒珠，或許我會放過你。』

『我沒有，請你相信我！』蕭分部的冥使大喊，男子冷哼。

『是嗎？沒有的話，戒珠怎麼會在這裡呀？』

男子踢著一處牆壁，內中掉落無數個黑色的戒珠。

蕭分部冥使注視著地上滾動的戒珠，露出詫異神色，同時眸中透出絕望。

「柳？」甄宓看向柳逢時，眸中透出要不要救人的訊息。

『不！不是我，真的不是我！』蕭分部冥使絕望大喊，『我不知道庚打算舉發你！就算他想要舉發你，也因為他先前的分部關係，不會有人相信他呀！』

甄宓聽著冥使的話語，對於內中透出的信息感到詫異。

原來竊案會發生就是這個原因？

「柳分部長，你看！」文陸儀驚呼，她看到冥鏡映照出的影像，在地面滾動的戒珠在地上留著一條條的腐蝕痕跡，這讓她詫異地瞠大雙眸，不敢相信眼前的一切。

這戒珠在洩漏怨氣？

只見男子蹲下身，拾起地面戒珠，給了柳逢時、甄宓以及文陸儀肯定的答案。

『哼，武倉庚以為偷這東西就可以舉發我？』男子哼聲，『事在人為吶！他應該沒想到我會進入這裡，還反將他一軍。』

這話一出，柳逢時瞇起雙眸暗自觀察起對方。

「怎麼了？柳。」甄宓看著男子影像，懷疑問著。

「雖然這是本來就是認識的……但我一直摸不清他的實際身分。」柳逢時手抵著下巴，沉思道，「但這回……他的話讓我耳熟。」

這話讓甄宓愣了一下，耳熟？那麼他會是誰？

柳逢時人面廣，總是笑笑地對著他人，很多人因此想要和柳逢時交朋友，卻不知此人是個笑面虎，不能靠近，需要敬而遠之。

更別說柳逢時閱人無數，記憶力也是一等一的驚人。

「是誰？」甄宓問。

「……一個消失的死人。」

柳逢時重重地吐出話語，這話讓甄宓倍感沉重。

「時間搭得上嗎？」甄宓認真問道。

這一問，柳逢時苦笑，「很可惜，搭得上。」

「你們在說什麼？」文陸儀聽不懂。

「沒關係，畢竟這我也不確定，聽不動也好。但……哎呀，怎麼辦呢？如果是那就麻煩了。」柳逢時苦笑低喃，「為什麼會有任務難辦的錯覺呢？」

「我們接下來要怎麼辦？」甄宓內心惴惴不安，認為他們探夠了，也該走了。

「說得也是，我們也要知會一下劉祖瑾同學。」

柳逢時甫一說完，甄宓一臉疑惑地看著柳逢時。而文陸儀拿出通訊符，似乎在問柳逢時他是不是要聯繫劉祖瑾。

「那個人呀！如果我猜想沒有錯，他與劉祖瑾有些淵源。」

這話一出，甄宓瞠大雙眸，一臉不可置信。

與劉祖瑾有所淵源……那就代表對方跟劉祖瑾認識的意思嗎？

「唉，果真是一切都是註定的呢！」

柳逢時搔頭，若是猜想無誤，看來他要擔憂事件又是一樁。

「柳，接下來我們要不要……」甄宓偏頭想了一下，又將話語吞回，擺擺手，要柳逢時不用搭理她。

「哈，擔心嗚？」

「誰擔心他！」甄宓一秒否決。

「有皇甫小弟在，嗚應該不會怎樣。」

「唉。」甄宓嘆氣道，「……我只擔心嗚口中的菜鳥聽不懂你的意思呀！」

「若是發生了。」柳逢時收起冥鏡，沒有打算轉移觀察對象的區域，笑著說道：「我還有後備方案，不需要太過擔心。」

瞧柳逢時說得信誓旦旦，還給了甄宓一個安心的微笑，但甄宓卻難以安心。

——畢竟，她到現在都還不清楚柳逢時到底在計畫些什麼。

「我們先走吧。」柳逢時抬起手，伸出食指說著：「我有預感，留在這裡會有不妙的事發生。」

柳逢時甫一說完，甄宓立刻拿出筆，畫出通道讓他們全數無聲無息地離去。

如同柳逢時的預感，當他們一遠離蕭分部，想要遠距離觀測怨氣構造時，蕭分部卻在這時應聲倒塌，化作廢墟。

捌・衝擊的事實

另一邊廢墟之中，連殷鳴宛如此地的主人，散發出讓人無法抗拒的氣息與威嚴感。

惡靈消退，只剩下武倉庚，或許那些怨氣惡靈被驅逐的關係，周圍的怨氣濃度變得比較淡。

「呃……」

皇甫洛雲想要說些什麼，但才發出一個尚未構出音節的氣音，連殷鳴狠瞪過去，皇甫洛雲立刻收聲。

「抱歉……」危機當下，道歉似乎有點不對。

但他會出聲，是因為他想要追姜仲寒，但現在狀況不允許他這麼任性地要去找人。

「這裡只剩下我們以及你。」連殷鳴的目光瞅著武倉庚，如此說道。

武倉庚聞言，勾起唇，發出近似悲愴的笑聲。

「哈、哈哈哈——」

笑音帶著黑色旋風，在這瞬間，笑聲戛然止住。

武倉庚的雙眼透著瘋狂色彩，身影也在這瞬間消失。

眼前之人的消失，只換得連殷鳴冷冷一哼，他將左手揚起，器具頓時上手。皇甫洛雲也召出冥鐮，跟在連殷鳴的身後，以防意外來襲，他還可以支援。

武倉庚是消失沒有錯，但他還是在這處地方，他可以聞到武倉庚的怨氣氣味，連殷鳴挪移腳步，往前移動，當他一踏前，地面霎時升起惡靈結界！

在這一瞬，連殷鳴向後一退，躲過被結界包圍的命運。

但他甫一跳出，又將右手探入上衣口袋，俐落地抽出符紙，將之拋下──

猛烈的爆炸聲響起，結界被打開了一個口，左手立即抬起，眼睛眨也不眨地扣下扳機，槍口迸射出猛烈的光芒，將結界一舉轟碎。

面對連殷鳴大張旗鼓地毀掉結界，皇甫洛雲一臉詫異地看著連殷鳴的舉動，深深懷疑──這個人是不是想要趁機將自己的分部滅得精光連個一點碎片都不想留呀！

這是在幹嘛呀！結界開個洞跳進去就好了，何必將結界輾得粉碎呢？

連殷鳴乾脆地無視皇甫洛雲那震驚不已的神情，從口袋撈出數張結界符，輕輕一揮，重新張開了結界。

「我記得，有句話是這麼說的……」連殷鳴勾起唇，冷冷一哼，「螳螂捕蟬，黃雀在後，只是我不是那黃雀，而是要捕黃雀的獵人。」

連殷鳴轉動黑槍，眼睛眨也沒眨，朝自己身後開槍。

後面景象扭曲，打穿了空間。皇甫洛雲先是一愣，瞬間理解了連殷鳴的意思。

看來武倉庚想要躲在空間偷襲他們，卻沒注意到自己的氣息洩漏了位置。

只是連殷鳴這個打算會不會太危險了點？皇甫洛雲還沒提出任何意見，他便看到連殷鳴抬起槍，朝他的方向比去。

看到連殷鳴的動作，皇甫洛雲嘴角抽了一下。

不會吧，該不會武倉庚現在的空間位置就在他的身後？

皇甫洛雲立刻將多餘思緒摒除，緊握手中冥鐮，他鬆開一隻手，朝身後轉動鐮刀。

「嘶——」

腐蝕聲從身後傳出，皇甫洛雲立刻轉身，還不忘對後面空揮刀，防止背後的東西趁機撲了上來。

可他才甫一轉身，他就看到一抹黑色的身影從他身旁竄了過去，那是連殷鳴，他將手中的槍當成短棍攻擊。皇甫洛雲看到他的身後的人立即被打飛出去。

果然，武倉庚就在這裡！

皇甫洛雲抓緊冥鐮，作勢要協助連殷鳴，一同對付武倉庚，但武倉庚的怨氣太過濃郁，這一現身，引起部分怨氣惡靈冒頭靠近。

「可惡！」皇甫洛雲咬牙切齒，好不容易消除一堆怨氣惡靈，結果武倉庚這一爆發，又吸引更多的惡靈靠近。

他揮動冥鐮，將那些靠近的邪物統統驅離，再張起結界，一方是阻止怨氣惡靈的靠近，另一方面則是想要阻止武倉庚脫逃。

這次不能讓他跑走。

已經確定姜仲寒將武倉庚視為目標，若是將他放跑，只怕今天一過，他們就抓不到武倉庚，只因為武倉庚已經被姜仲寒處理掉了。

至今他還不清楚姜仲寒狩獵怨氣的目的，但唯一曉得的手法，便是姜仲寒是將怨氣吃入體內，武倉庚若是被抓走，應該是連魂帶怨氣地一起被吃掉吧！

他可不能讓這件事發生，皇甫洛雲確定不再有惡靈靠近，想要揮刀幫助連殷鳴，卻當場愣在原地。

雖然他已經看爛了武倉庚的招式，但不得不說，他的確是個厲害傢伙。

武倉庚揮著短刀，刀身已經被黑色侵蝕，還可以看到刀上出現裂紋，整個刀子快要碎裂似地危險。

古董店的符咒威力皇甫洛雲有目共睹，但他沒想到武倉庚重新另起的攻勢居然讓符咒直逼毀壞。

看來姜仲寒灌輸給武倉庚的怨氣比他想像中得多。

連殷鳴也注意到這個異狀，也不吝嗇手中的符紙，一張張符紙拋出，消弭武倉庚身上的怨氣，一邊用槍格擋住短刀，他屈膝向前，右手抓住武倉庚的手臂，用力朝自己的方向一拉，並抬腳讓武倉庚失衡倒地。

但算得仔細卻少估了怨氣的變化，這一倒，武倉庚身上的怨氣化作黑色鞭子朝連殷鳴甩去，連殷鳴見狀，下意識地用持槍的手阻擋。

這一伸手卻讓黑鞭如意，鞭子纏繞連殷鳴的手，連手帶槍地包著死緊。

連殷鳴見狀，發出不悅嘖聲，他可不會這麼輕易地被對方逮住，空著的手掐著符紙，他索性朝武倉庚的方向跑去，符紙發出劈啪聲響，如刃似地將符紙拋出。

一切是這麼迅速，符紙貼在刀身上，耀起白光，連殷鳴手中的怨氣鞭子霎時鬆開，隨即用力扣下扳機，將黑鞭怨氣消除。

皇甫洛雲完全沒有插手的機會，看著連殷鳴和武倉庚你來我往地互相交手，頓時心底萌生出異樣的感覺。

雖然一直被人菜鳥菜鳥的叫著很令人不爽，但看他和武倉庚纏鬥的模樣，又讓他覺得很不甘心。他的確還太菜了。老手出手，動作不只很流暢，攻擊方式還滴水不露。

他看連殷鳴突然收起槍，朝後跳躍數步遠離武倉庚，他抬起右手，用力將手打在地面上。

地面霎時浮現出法陣，而這是束縛著武倉庚的陣法。

光芒一出，武倉庚困入法陣，無法動彈。

連殷鳴起身，看著被困入其中的武倉庚，雙眸半瞇眸中透出深沉的複雜神色。

連殷鳴和武倉庚纏鬥，就算連殷鳴不打算讓皇甫洛雲插手，他還是想要出手幫忙，畢竟這太危險了，對方可是比惡靈還要更高級別的存在，可不是他們說要打，就可以將對方擊潰。

但他無法插手是事實，更別說連殷鳴成功地將武倉庚困住了。

只是他開心未達一秒，正要鬆一口氣時，一把黑色鐮刀落下，將結界硬生斬開。

原本被驅離的姜仲寒又回來了，皇甫洛雲萬萬沒想到，當他以為可以收工了，卻有這算是意料中突發狀況。

不過這樣也好，他可以名正言順地對姜仲寒動手。

「仲寒？」明知道對方不會回應他，皇甫洛雲忍不住出聲問著，希望對方有所回應。

對於突如其然闖入結界內，又將他困住武倉庚的結界打爛之人，連殷鳴瞟了一眼，便知道來人是誰。

「菜鳥，那個麻煩交給你了。」

連殷鳴趁著空檔跳到皇甫洛雲身旁拋下話語，目光轉移到武倉庚身上。

皇甫洛雲還沒應聲，他就看到連殷鳴衝到武倉庚身前，再度交手。皇甫洛雲見狀，握緊持著冥鐮的手，看著周圍繞著發出竊笑的惡靈們。

「別以為剛才那樣就結束了，冥使！」

惡靈叫著，皇甫洛雲抿緊著唇，尖端指向前方。

「礙事。」

姜仲寒抬手，一柄黑色鐮刀上手，他二話不說揮刀襲擊！

皇甫洛雲揮動冥鐮，阻擋姜仲寒的攻勢，這一次絕對不能讓他跑掉！他是這麼想著，舞動冥鐮攻擊著。

姜仲寒一邊阻擋皇甫洛雲的攻勢，一邊覷著武倉庚所在的方向。見到自己被忽視，皇甫洛雲大喊：

「不要小看我！」

他一腳踹開其中一隻惡靈，這些惡靈太麻煩了，一直當著守護姜仲寒的盾牌，若是要毫髮無傷地抓住姜仲寒，首先要把姜仲寒的惡靈全都淨化。

「今天一定要逮住你！」

皇甫洛雲想要終止你追我跑的戲碼，他不想要再看到姜仲寒的手中沾滿著血腥。不久之前，他還有問過柳逢時——若是被怨氣附體，長久下來會變成怎樣？

柳逢時笑著回答：會死很慘唷！從身體裡面爛掉。

如果從他的家裡發生了那件事開始至今，姜仲寒維持著被怨氣附體且不斷將怨魂怨氣吸納入體，現在姜仲寒身體內裡應該都爛得亂七八糟了吧！

再這樣下去，姜仲寒必死無疑。

皇甫洛雲拿出符紙，前來此地時，他還特地下跪拜託連殷鳴教他使用符咒。這次的任務，連殷鳴的器具一直停機，但卻不損連殷鳴自身的強度。

連殷鳴將自己附近所有的事物使用到最極致，不把器具當成唯一的攻擊手段，這讓皇甫洛雲大開眼界，思考自己的「強度」究竟到哪裡。

當他低聲地拜託連殷鳴教他時，連殷鳴沒有如他所想罵他廢材廢物，他拿出一包符咒，扔給皇甫洛雲，用最精簡的方式教導皇甫洛雲怎麼將符咒發揮到最大值。

皇甫洛雲用食指和中指夾住符紙，屏氣凝神，心神一致，將自己的意念灌住在符紙中，俐落一丟，將它朝姜仲寒所在的方向射去。

姜仲寒見狀，僅是揮動黑色衣袍，惡靈化作的衣服將符紙打落地面，符紙一角深深地嵌入地面，釘得死緊。

姜仲寒看皇甫洛雲沒有用冥鐮接著應對，心想皇甫洛雲也許已經沒有任何花招可出。

姜仲寒身旁的鐮刀發出清脆的響聲。

「叮鈴！」

鈴鐺搖曳，空靈的危險音色響起，周圍的怨氣被鈴聲吸引，紛紛現身。看著驀地現出的怨氣，皇甫洛雲不敢大意。

他也沒有因為符紙擊落而氣餒，他拿出第二張符紙，再次拋出，姜仲寒冷哼，舞動黑鐮，驅使怨氣將符咒擊落。

但這回卻出現了「異常」，部分生成的怨氣一靠近皇甫洛雲拋出的符咒，皆被淨化殆盡，第二張符紙如同方才，一樣插入地面，皇甫洛雲再接再厲地拿出第三張符紙，這回他沒有繼續與先前兩次一同拋出。

皇甫洛雲持符的手收束，將符紙用力捏緊在手中成一團球。

姜仲寒感覺到不對勁，難道他入了皇甫洛雲的陷阱？他抬起黑鐮，疾如風地朝皇甫洛雲斬去，但在下一秒，皇甫洛雲將這團符紙輕巧地朝姜仲寒的黑鐮拋去。

再這瞬間，電光乍現，青白色的電光從天降落，以姜仲寒的位置為始，將之轟下——

另一方面，連殷鳴對上武倉庚，看著已經被怨氣侵蝕到連樣貌都無法保全，連殷鳴用那一貫的嗓音，淡然道：

「今天，你我的恩怨將終結。」

語落瞬間，化作比深淵還要深沉墮落的怨氣被這句話牽引，黑中帶紅，武倉庚的眼眶溢出鮮紅的血痕。

連殷鳴看著血痕，沒有言語。他明白那是武倉庚積在心中長年的恨與怨懟，他不惜將自己弄成這樣只是因為連殷鳴讓他的信仰破碎。

——是這樣的嗎？

不知怎地，連殷鳴心頭深處拋出了這個問句。

——你真的是這樣認為嗎？

連殷鳴皺緊著眉，器具上手，對準著武倉庚。

他是這樣認為的。

——但其實，他希望有人否定他。

我想要扒光他身上的怨氣，想要看清他的樣子，想要讓他清醒，讓他看清自己所做的一切，問他為什麼。

若是真能做到他早就做了。

儘管明知武倉庚再怨再恨也絕不會墮落，肯定別有原因，但如今已無暇去思考。

盤根錯節的怨氣早已在武倉庚的身體內扎了根，無法驅除，唯一之法就是讓他解脫。

連殷鳴握緊持槍的手，低聲說著，「永別了。」

這話觸動了武倉庚的心弦，他身影霎時頓住，而連殷鳴也沒有停手，他手中的黑槍槍口迸射出光芒，藉此打穿武倉庚周身的怨氣，在這同時，他拿出符紙折成的黃刀，朝武倉庚心口刺去。

刀尖硬生生地刺入武倉庚的心口，他再用力向前刺去，讓刀尖埋得更深，隨即引發符紙內暗藏的咒力，將它引爆！

轟地一聲，連殷鳴隨著暴風向後退了數步，他親眼看著武倉庚的身體與怨氣一同消失，他的雙眸透出一絲不忍。

這樣就好了，就此結束。

周圍還有些被吸引的怨氣，連殷鳴拿出符紙淨化，這時不遠處傳來驚天雷光，他深深地朝那處看去，皇甫洛雲就在那裡。

隨即，連殷鳴朝那處引發雷光之處跑去。

「——鈴！」

猛地，鈴鐺聲迴盪在空氣之中，連殷鳴沒有聽見，那是屬於只有怨魂可以聽到的音調。

「鈴！」

第二聲的鈴鐺聲作響，武倉庚消亡之處顯現出淡薄的影像。

「鈴！」

第三聲落下，怨氣凝結，化作一道清晰身影。

原本消散的武倉庚霎時出現，眸中透出的戾色更甚。

空氣裡，凝結出一段嗓音，武倉庚微抬起頭，腦海裡迴盪著只有那只有他能夠聽見的話音。

『殺了他吧！連殷鳴殺了你，你也可以殺了他。』

——殺了，殺了連殷鳴。

對……他為連殷鳴為分部做了這麼多，連殷鳴該死！

腦中只記得這個念頭，武倉庚身影竄動，朝連殷鳴離去的方向追去。

猛地竄起的怨氣提起了連殷鳴的注意，回過頭，他看到武倉庚雙手持刀，朝他刺去。

連殷鳴下意識地用槍身格檔。不悅彈舌。

或許柳逢時說得對，這件事件背後有幕後黑手。

武倉庚明明被他幹掉了，怎麼可能會從滅得粉碎的死魂中重新構成再現？

只是連殷鳴發現武倉庚身上的怨氣出現質的變化，瞬間露出理解的神情。

「你，要業障化了嗎？」

此話一出，武倉庚露出一抹戲謔的笑。

「每個地方都不容我，我又何必呢？」

武倉庚大笑，似乎在笑他的愚蠢，開懷笑著，聲音縱放而出，連殷鳴皺緊著眉，拿出紅色戒珠。

這是最後一顆了。

當他從連殷分部脫離而出，當初原本沒有帶著任何的東西，畢竟要成為即將到下界接任判官職位之人，陽間所使用的器具並非這麼重要。

但連殷鳴答應了柳逢時，來到柳分部工作，他的器具，和戒珠出現在他的眼前。

紅色戒珠內裝滿了煉獄的火焰，遇上業障等級的惡靈，唯有用煉獄之火焚燒，並將之收伏。這是最後一個了。

並不只是因為他的紅色戒珠僅剩下這一顆，而是這一顆也會讓他的器具超過既定的承受量而毀壞。

「我們。」連殷鳴冷淡地如是說，「一起終結吧！」

斷罪的紅色戒珠鑲入黑槍之中，手中的槍身泛起耀眼紅光，如火一般地包附器具。

隨即，連殷鳴扣下扳機，槍身霎時炸裂，化成粉末，在這同時，紅色軌跡也隨之將武倉庚劃破，連殷鳴便看著武倉庚消失在他的眼前。

這次，他不會爬起了吧？

斷罪燒光了武倉庚的罪惡，留下淡淡的部分透紅怨氣。

器具毀壞，連殷鳴無法使用器具給予武倉庚最後留下的怨氣最後一擊，他必須要等候皇甫洛雲的到來。

「喀噔！」

身後傳來落地聲，連殷鳴抬起眼，轉身看著驀地出現在他身後的皇甫洛雲。

「……這算什麼！」

皇甫洛雲沒想到連殷鳴說殺就殺，毫無任何情面地將武倉庚斃掉。

「如同我先前所言，的確是這樣無誤。」連殷鳴說得清淡，一點也不想替自己開脫。

「你就這樣殺了他，真的不給他任何解釋的機會？」

連殷鳴說到做到皇甫洛雲心裡有數，但他沒想到連殷鳴果真這麼不留餘地。

「需要嗎？」連殷鳴哼聲道，「菜鳥，你覺得需要嗎？」

皇甫洛雲看到連殷鳴那異常認真的神色，毫無嘲諷音色，這聲反問讓皇甫洛雲無法應對。

看到連殷鳴的眼神，從他吐露出的話語，他是真正地察覺到——連殷鳴是信任著武倉庚。

直到現在，皇甫洛雲無法理解連殷鳴這般扭曲的想法，因為相信，所以才要殺了他？不管他怎麼想，邏輯都不通。

「隨便你。」連殷鳴淡淡說著，「每個人的做法不同，你不用順從我。」

他沒有順從連殷鳴，只是無法明白。

「那傢伙呢？」連殷鳴又問。

「仲寒嗎?他被我打暈了。」

連殷鳴聽到這句話，納悶道，「只是打暈？」

「驅逐了他身上的怨氣，我在等他醒來。」

萬鈞天雷降下，強大的怨氣遇上最恐怖的淨化之流，全都被轟得打散，連一塊碎片都沒有留下，更別說是皇甫洛雲為了防止姜仲寒體內的怨氣驅除得不乾淨，又扔了幾道白雷在姜仲寒體內炸著。

等到確定沒有任何的怨氣留下，皇甫洛雲這才出現在這裡。

「回去柳分部，告訴柳。有人搞鬼。」連殷鳴雙手插入口袋，頭朝武倉庚消失之處，那有著部分殘留怨氣之處點去，「庚的怨氣，幫我除乾淨吧！」

皇甫洛雲瞪了連殷鳴一眼，像是在訴說著要連殷鳴自己處理。

「我的器具毀了。」連殷鳴淡然道，「身為冥使的資格已經沒了，我跟你，以後應該見不到面了。」

器具毀損對冥使而言是多麼嚴厲的懲罰，成為冥使的最關鍵條件便是器具，沒了器具，什麼都不是。

連殷鳴的器具連個渣渣都沒剩下，修復無效，連殷鳴註定要退出冥使。

「要去當判官？」皇甫洛雲問。

「怎麼可能？」連殷鳴嗤聲說道，「又不是被偷被搶？好端端的把器具弄到毀了，下界不會想要收不會保護器具之人。」

「……這麼做好嗎？」

皇甫洛雲詫異出聲，他沒想到連殷鳴居然會因為武倉庚而願意犧牲這到地步。這應該不只是冥使生涯，而是連自己在地府可能性都一起斷送吧？

這項決定不論對誰都會是一個難以抉擇的選項，更別說連殷鳴像是打從一開始就要這麼做，神情十分豁達，一點也不像是會擔憂自己未來之人。

不知怎地，皇甫洛雲對連殷鳴那些怨懟消失了一大半。連殷鳴本身就是不擅長解釋之人，柳逢時打從一開始就明白最後連殷鳴會這麼做了吧？

會要他跟上連殷鳴，不是擔心武倉庚被他打死，而是連殷鳴會有很高的機率會把這件任務當成自己的最後任務。

開什麼玩笑！

皇甫洛雲內心大喊。

他還沒讓連殷鳴喊出自己的名字就這樣走了？他無法接受！

「我們回去問分部長。」皇甫洛雲認真道，「分部長知道你這麼亂來，一定會揍你！」

「想太多。柳會放我去死。」連殷鳴哼聲道，「任務結束，快滾。」

「我還沒收完怨氣，還叫我滾？」皇甫洛雲像是炸毛的貓一樣，大聲說，「嗚，手過來。」

「幹嘛？」連殷鳴挑眉道。

「不要叫我收拾殘局！自己的事情自己解決！」皇甫洛雲指著連殷鳴大聲說，「我會抓著我的器具發動，你儘管借用冥鐮的力量收了剩下的怨氣，自己交給分部長！」

「哈，真是麻煩。」連殷鳴搖頭，眸中透出滿滿的無奈。他走了過去，抬起手抓住皇甫洛雲的冥鐮底端，「好了，揮下吧。」

連殷鳴雙眼直視著冥鐮漾起白芒，即將把武倉庚的怨氣將之驅除，但在這瞬間，一抹迅速凌厲的黑影竄了進去，連殷鳴感受到冷冽的殺氣，他用力抓著皇甫洛雲的鐮刀，皇甫洛雲詫異地看著突然反抓住自己冥鐮的連殷鳴，眸中透出詫異神情。

「菜鳥，退後！」

連殷鳴將身體重心往後挪移，將冥鐮的重心改往黑影竄入之處，他看到黑影劫走了武倉庚的怨氣，空氣凝結出怨氣，它們化成利刃，成為千萬刀刃地從上空降下。

連殷鳴鬆開抓著冥鐮的手，從皇甫洛雲身上摸走一包符紙，危機從天上來，皇甫洛雲下意識舞動冥鐮——

白色刀影軌跡乍現，眨眼一瞬，冥鐮鋒芒將上萬利刃消弭殆盡。

「菜鳥，我輔助，你儘管動手。」

連殷鳴大喊，言下之意要皇甫洛雲不要顧忌他。

皇甫洛雲見狀，揮刀朝黑影襲去。

「咻」地破空聲傳起，他的冥鐮刀聲貼著一張符紙，輕盈的白色鐮刀變得更加輕盈，他不費力的揮動鐮刀。

將黑影與武倉庚的殘留怨氣一刀砍下——

刀影落下，眼簾所見是那熟悉的身影，姜仲寒冷著一張臉，不帶任何感情地看著皇甫洛雲。

「什麼？」皇甫洛雲見狀，詫異不已。

他明明把姜仲寒體內的怨氣去除，還怕他那被怨氣侵蝕的身體因為怨氣離體而瞬間崩盤而身亡，他還貼了幾張治療符咒在姜仲寒的身上，深怕他就這樣掛了。

但為什麼姜仲寒又再次出現在他的眼前，一樣是身懷怨氣？皇甫洛雲注意到那原本被天雷打到消散的怨氣披風又披了回來，這讓皇甫洛雲懵了。是有人幫助他？幕後真的有一隻看不見的手擺弄著姜仲寒！

「可惡！」

皇甫洛雲咬牙，揮著鐮刀朝姜仲寒襲去。若是如此，他這次要將姜仲寒五花大綁送到分部才是！

但這霎時的分心，卻給了躲藏在披風內的惡靈有機可趁的機會。

惡靈化成姜仲寒，皇甫洛雲一刀砍下的只是那怨氣披風，真正的姜仲寒身影跳至皇甫洛雲的身後，黑色的鐮刀即將毫不留情地將皇甫洛雲一分為二——

「皇甫！」

身後一道大喊，皇甫洛雲下意識地回過身，然後，他看到血花紛飛，如紅花地落下。

終・業鏡

第一次聽到連殷鳴叫喚著他的名字，不再是那個菜鳥，當他還來不及消化這句話的意思，他只看到銳利刀光從他的眼前劃過，一切是這麼的快速，回過神時連殷鳴就擋在他的前面，血花隨著姜仲寒持刀的手勢噴濺而出，他眼睜睜地看著連殷鳴重重倒落地面，一動也不動。

連殷鳴在他的眼前倒下了？

「……嗚？」

皇甫洛雲詫異地看著重重倒在地上，沒有回應他的連殷鳴，再這瞬間，皇甫洛雲的心思從姜仲寒的身上脫離，皆放在連殷鳴的身上。

也因為這霎時的空白，姜仲寒趁隙逃離，皇甫洛雲也沒有察覺。

他看著連殷鳴的傷口湧出大量的血跡，慌亂地蹲下身檢查連殷鳴的狀況。

進來分部一段時間後，他才知道連殷鳴不是活人，而是死者，雖然魂魄受傷時就像人類會有各種症狀，但僅有魂魄的他受到重傷，嚴重者僅有消失一途。想到連殷鳴魂飛魄散的可能……

——好險還有呼吸。

手探到脖子，手指感受到脈搏的脈動，只是連殷鳴傷勢嚴重，若不處理，只怕他會真的魂斷此地。

但……他的身軀已經逐漸變得透明了！

情況緊急之下，皇甫洛雲拿出符紙，貼在連殷鳴身上緊急止血處理，不知怎地，腦海自動浮現出連殷鳴那時在柳分部裡，對他勸戒的話語。

——菜鳥，真對他好，就一刀了結他，不要讓他危害世人，一時的婦人之仁只會害到自己。

綜觀現在，連殷鳴這句話該死的對！

皇甫洛雲眼神一銳，立即去追趁隙離開的姜仲寒。只是他追沒多久，看姜仲寒早已逃離沒了蹤跡，咬牙低吼：「可惡！」

雖然他可以用陰間路縮短距離追姜仲寒，但現在連殷鳴的狀況最為危險，皇甫洛雲只能扭頭回去，先將連殷鳴送回柳分部治療傷口。

「抱歉……」

皇甫洛雲帶著連殷鳴跳入陰間路，低聲說著。

他的仁慈放走了姜仲寒，險險讓自己送命，卻害到了連殷鳴。這個人為什麼要幫他擋刀？不是一直看不起他，一臉想要將他趕走？

姜仲寒這刀砍得生狠，一點也不留情面，若是他被砍到，他這一生也會了結於此。對於自己的獲救，皇甫洛雲很慶幸自己還活著，卻也因為連殷鳴瞭解到自己的錯誤。

他必須先將連殷鳴送回柳分部救命，只要連殷鳴脫離險境，他就可以專心地抓出姜仲寒。

——這次，不能縱放了。

但這一回去，皇甫洛雲在那裡卻發現有新的讓人驚愕的狀況等待著他。

陰間路空間關閉，甫一踏入辦公室，皇甫洛雲大喊，「分部長，鳴他……」

當他一瞧見辦公室內的狀況，餘下的話語瞬間哽在嗓眼，無法完整說出。

他看見文陸儀淚眼汪汪地看著自己，不知所措的模樣讓皇甫洛雲的心底生出異樣的危險預感。

「皇、皇甫，我……他、他怎麼了？」文陸儀注意到皇甫洛雲帶了一個重傷患，看他抓著對方大衣死緊的，對方似乎命在旦夕，十分嚴重。

「對、對！」皇甫洛雲指著連殷鳴，緊張道，「分部長呢？鳴受了重傷，需要治療！」

皇甫洛雲會選擇來到辦公室，是考慮到柳逢時只會在辦公室待著，帶著連殷鳴到這裡可以立即治療，面對辦公室只剩下文陸儀，皇甫洛雲期望他們只是出去而已。

「柳分部長他……」文陸儀半垂著眼簾，眸中閃動著淚光，皇甫洛雲心底一抽，緊張了。還好下一句話讓皇甫洛雲鬆了口氣，但這話卻又讓皇甫洛雲更加詫異。

「阿䄂他被打傷……器具也被搶了，柳分部長還在幫他急救，是甄宓小姐要我來這裡等著……」

想到從蕭分部離開時，通知劉䄂瑾但那處卻突然沒有音訊，文陸儀緊張到眼淚一直流下。

阿䄂受傷了？

皇甫洛雲還在消化文陸儀所言，緊抓著連殷鳴的手頓時沒有握住東西的感覺，他趕緊撇頭看去，連殷鳴在他的身旁消失無蹤。

藏在衣服內的通訊符發出嗡嗡聲，傳達了連殷鳴被柳逢時帶走急救的訊息。收到這項訊息，皇甫洛雲身子一癱，軟軟地倒坐在地。

他鬆口氣了，只是他卻多了新的擔憂。

「……阿衵他……」皇甫洛雲開口，沙啞的嗓音讓他有些錯愕，今天發生太多事情了，他的心底難以承受，「他怎麼被打傷了？」器具也被搶了，這應該是私仇吧？

但劉衵瑾的為人他很清楚，他不至於會與人交惡到被人打成重傷還被搶了器具。

「阿衵的器具是三冥器的——業鏡。」文陸儀雙眼直勾勾地盯著皇甫洛雲，她深吸一口氣，像是想要將淚水吞回，不想要繼續哭啼啼的，忍著顫抖的嗓音，正色道，「柳分部長發現阿衵被人打傷，把他救走，還請甄宓小姐帶我到這裡，也是怕我危險，只因為阿衵的業鏡被搶了，而搶他的人是……」

文陸儀的唇微張，吐出清楚的名字。

——蕭安聞。

冥使事務所．蕭分部的分部長，也是皇甫洛雲的同校直屬學長。

正是他重傷劉衵瑾，搶走業鏡的凶手。

這話壓垮了皇甫洛雲心中最後的稻草，他感覺周圍天旋地轉，讓他站穩腳步，耳邊只聽到文陸儀那慌張的大叫。

眼前的視線變得模糊，他朝旁倒下，在意識中斷前，心底僅有這句話迴盪在心頭——

為什麼會是學長？

——To be continued

番外・薪水

皇甫洛雲記得，從他加入柳分部到現在，不算小事件，大事件也讓他做足了兩件。

一是鬼屋，二是社區。

不管皇甫洛雲橫想豎想，這兩起任務加減算算，他沒有功勞也該有苦勞吧！更別說是八月到現在，他的薪水還沒有拿到。

如果皇甫洛雲當時沒有腦袋抽筋，他的薪水也應該會出現在他的手上。

「……分部長，我要錢……」

接了一件小任務，也將任務順利完成，皇甫洛雲決定趁現在鼓起勇氣和柳逢時談談這件事。畢竟，他家父母以為他有打工也沒有給他生活費，現在他是標準的手頭緊，再這樣下去他可要吃土生活了。

「分部長，你還沒給我薪水。」

皇甫洛雲無奈，看這狀況，柳逢時想要裝死了吧！只因為他一說完，柳逢時雙眼死盯著桌上文件，完全沒有將目光放在他身上的意思。

面對柳逢時這無視的行徑，皇甫洛雲長吁口氣，不知道該怎麼和柳逢時談下去，只能摸摸鼻子從柳逢時的辦公室退下。

面對錢拿不到，任務才剛交出去，皇甫洛雲來到接待室休息，同時反省自己怎麼沒有扣押任務逼迫柳逢時交出薪水，就這樣像是落敗地離開。

更別說柳逢時根本連一句話都沒有說，他也可以直接賴在原地不走。

「啊！怎麼辦呀……」

皇甫洛雲抱頭哀號，他怎麼在這時候犯蠢了呢？沒錢要薪水應該要硬起來呀！

接下來他要硬著頭皮走到辦公室，假借接任務的名義，跟柳逢時提起薪水這件事？

皇甫洛雲正要走出接待室，門剛好咿呀打開，進入其中的人正是連殷鳴。

連殷鳴瞧見皇甫洛雲，眉頭輕輕挑起，來到沙發椅旁，二話不說的躺下。

「你怎麼……」看連殷鳴躺得如此的順，坐在連殷鳴所躺沙發對面的皇甫洛雲當場無言以對。

「休息一下，等等要繼續工作。」連殷鳴清淡回應，擺手道，「我要休息，出去。」

「這裡是接待室，又不是你家。」皇甫洛雲有些惱怒道。

光是薪水問題就已經夠讓他煩躁了，又遇上連殷鳴，這讓皇甫洛雲懷疑他是不是以後出門翻翻黃曆，看自己是不是宜外出。

「這裡的確是我家。」連殷鳴抬起眼，瞟了皇甫洛雲道，「從來不到接待室休息的人突然來這裡做什麼？」

皇甫洛雲聞言，愣了一下。的確，他從來沒有一人來到接待室休息過，會被這麼問也是常理。

「我出現在這裡也不關你的事吧？」想到連殷鳴方才的態度，皇甫洛雲也這麼回應，看連殷鳴怎麼接招。

「的確不關我的事。」連殷鳴冷淡道，「只是剛好工作結束，休息一會，如果你遇上一些任務方面的問題，或許我會好心指引你。」

看來連殷鳴的心情不錯呀！

既然連殷鳴都把話說道這分上了，剛好這個問題讓他困擾很久，或許可以借用第二個人的意見來當作參考。

「事情是這樣的……」皇甫洛雲有些尷尬地把前因後果說給連殷鳴聽。

當他說完，寂靜席捲接待室，等待一秒有如過一天似地，連殷鳴起身，像是無奈地長嘆口氣。

這好像有點不妙？

皇甫洛雲下意識地看著連殷鳴，他該不會要被罵了吧。

「不是跟柳談好條件了？」

連殷鳴甫一開口，皇甫洛雲就愣住了。

「菜鳥，連這件事都處理不來，以後要怎麼辦！」

皇甫洛雲扒抓頭髮，尷尬道：「我想說找時間問問看，結果就拖到現在……」

連殷鳴見狀，走到皇甫洛雲身旁，直接抓起他的後領往外拖。

「等等！」皇甫洛雲慘叫，現在是怎麼一回事！

「去找柳談談。」

連殷鳴拋下話語，帶著皇甫洛雲重新回到辦公室。

他們一踏入內中，柳逢時便抬頭看著他們，一瞧見連殷鳴，嘻笑道：「太陽從西邊升起啦？怎麼看到你跟皇甫小弟一起來這裡？」

柳逢時的調侃讓皇甫洛雲囧到極點，看來他來這裡的意圖十分明顯。

「柳，小案子不用說，大的……菜鳥也應該有分紅吧？」連殷鳴直接挑開重點問道。

「福報呀，已經給皇甫小弟了。」柳逢時說。

柳逢時這話讓連殷鳴偏頭望向皇甫洛雲，嘖聲道：「菜鳥，薪水不就給你了？」

皇甫洛雲聞言，當場愣住。「可是不是還有薪水啊？」

等等，這好像跟他知道的不太一樣？

他記得成為冥使有福報也有薪水的呀！更別說這應該是分紅，而不是薪水吧！

皇甫洛雲的錯愕模樣連殷鳴看在眼裡，他皺眉思考，似乎在回想先前柳逢時是不是有答應皇甫洛雲這檔事。

而柳逢時也逮到機會，陰險問道：「皇甫小弟，福報跟薪水你要哪一個？」

薪水是解目前的現實危機，而福報是業績的體現，只要累積到某一程度，他就可以直接擺脫冥使的工作。

面對這兩項重要的抉擇，皇甫洛雲糾結了。

因為這兩種都對他很重要，缺一不可。

「不能兩個都選嗎？」皇甫洛雲還是認為薪水跟分紅不一樣，「分部長，我又不是死人，只要福報就能活下去了。如果更改成這樣，那這不是跟我們一開始談的不一樣。」

「我想，我應該有說過冥使不是一般人能當？」柳逢時笑地反駁，「冥使事業也不能用一般凡間法律管轄，自然會有些不一樣囉！」

明明是出爾反爾，柳逢時卻說得很自然。

「柳，說重點。」見柳逢時有轉移話題的狀況，連殷鳴將話題拉回。「菜鳥要問薪水，這應該跟我們的工作不同。」

「鳴，提到這個，你覺得冥使需要錢嗎？」柳逢時問。

「我不需要，我要那個幹嘛？那是活人需要的東西。」連殷鳴冷然說著，視錢財如糞土。

「皇甫小弟，你要學鳴的精神呀！」柳逢時讚許道。

這話讓皇甫洛雲忍不住想要吐槽。「鳴，你也是活人，說得好像自己是死人一樣……還有分部長，就因為我是活人，錢財對我而言非常重要！」

「誰跟你說我是活人了？」聞言，連殷鳴一個不爽，現場表演「掏心秀」，手裡拿著自己滴著鮮血的心臟，舉在皇甫洛雲的面前，「哪個活人好端端的有家不回，要窩在這個死地方！只有你這麼遲鈍吧！」

「咦咦咦——」皇甫洛雲見狀，忍不住大驚。「就、就算是這樣，分部長你也不可以逃避話題！」

看來，柳逢時不能繼續打哈哈地混過去了，他只能搖頭道，「回歸現實，皇甫小弟你那現實狀況是只能二擇一，不能雙贏呀！」

柳逢時這般耍賴話語讓皇甫洛雲只有哀號的衝動。

「不能一半一半嗎？」這抉擇太讓人煎熬了，如果不行那就拆半吧！

「折半？」柳逢時手地著下巴思考著，「皇甫小弟，人生是不能折半的呀！」

「柳。」驀地，連殷鳴突然插話。

柳逢時望著他，問道：「怎麼了？」

「剛才仔細想了一下菜鳥所接的任務。」

皇甫洛雲立刻偏頭望向連殷鳴，看來他有希望了！

如同皇甫洛雲所想，果然下一秒，連殷鳴就說出了他心中的期望，「下界給的分紅是換成福報沒有錯，但菜鳥接的任務裡，有幾項是私人委託，有給委託費的。」

「啊！這樣的話……」皇甫洛雲雙眼瞠大，一手攤平，一手握拳並交擊，「這部分我會有錢可以領？」

若是私人委託，能夠直接請託冥使分部處理，代表對方有門路得知冥使分部的信息，任務自己上門，冥使分部也不會推諉，白紙黑字地接受任務，而委託費用自然也不低。

「嗚，你居然……」柳逢時原先還可以誆騙皇甫洛雲一筆，沒想到被連殷鳴砸了。

「柳，雖然我討厭菜鳥，但我也不會放任你這樣拐騙新人，這事情傳了出去，對柳分部的名聲不會只有最差，而是更差。」

面對連殷鳴這席話，柳逢時只能搖頭。

連殷鳴都把話說到這分上了，他還能說啥呢？

「分紅部分我會給皇甫小弟。」

柳逢時妥協，連殷鳴點頭道：「菜鳥，接下來就是你跟柳的問題，我要回去休息了。」

連殷鳴直接離開，留下皇甫洛雲和柳逢時。

「皇甫小弟，我就說吧？鳴只是看起來很凶狠，實際上遇上不合理的事就會出頭呢！」

皇甫洛雲只能苦笑回應，連殷鳴是這樣的人嗎？好像跟柳逢時說的有點不太一樣。

「你們現在還不熟嘛！」柳逢時笑道，「總有一天你會真正了解鳴的。」

「會有這天嗎？」

皇甫洛雲忍不住懷疑了。

他只希望他不會被連殷鳴欺壓就好了。「分部長，之後可以準時給我薪水嗎？」

話題拉回源頭，同事之間的相處關係還不需要這麼早煩惱，他還是先解決他的薪資問題吧！

「薪水可以照常給，福報本來就是你的，真拆半了，多出來的也不是我的。」柳逢時似笑非笑地說，「不過呀，皇甫小弟我還是要強調一句話。」

「什麼話？」皇甫洛雲大致了解柳逢時是怎樣的性格，他只能反問等候柳逢時的一句答案。

「人生呀，是不能拆半的。」

柳逢時抬起手，手指抵在唇邊，如此地說。

皇甫洛雲看著大啞謎的柳逢時，忍不住問道：「分部長，你想要說什麼？」

「沒有。」柳逢時笑著搖頭，擺手道，「你不是還要回家寫報告，今天放你回去吧！」

這句話讓皇甫洛雲頓時想起躺在家裡正在準備的上課報告，他立刻將腦袋中的疑問截斷，馬上離開分部。

看著匆匆離去的皇甫洛雲，柳逢時勾唇淺笑，壓低嗓音呢喃著，「若是遇上了抉擇，還真的只能擇一，若是折半，只怕兩頭空呀，皇甫小弟。」

皇甫洛雲沒有聽到柳逢時這低聲話語。

若是他有聽見，一定會讓柳逢時把這句話的意思解釋給他聽吧！

——番外・薪水　完

番外・古董店

「皇甫，你爺爺的店是在他死後才關門的吧？」

雖然發配邊疆，來到距離老家很遠的大學就讀，再加上分部才剛搬遷完畢，劉䄂瑾需要一段準備期，但該放鬆的時候，劉䄂瑾會毫不猶豫地拋下手邊工作，放他自己的假。現在正是如此。

皇甫洛雲下課回家，騎車經過一處便利商店，意外發現劉䄂瑾的身影，皇甫洛雲當下便是停車去和劉䄂瑾打聲招呼。

而這停，就變成他們兩人坐在便利商店外面聊天。

只是劉䄂瑾這話題讓他有些怪異。

「……阿䄂，你啥時對我爺爺的古董店有興趣？」皇甫洛雲苦笑，古董店這檔事他不熟呀！

「沒什麼，只是問問而已。」

劉䄂瑾說得清淡，皇甫洛雲卻不認為這聲「問問」真的只是突然想問。

「阿䄂，看你這麼好奇古董店，我需要擔心我自己嗎？」皇甫洛雲忍不住替自己緊張了。

「放心，你只是一個空殼的主人，想找你麻煩也只是白搭。」

皇甫洛雲聞言，仔細思考，還是回答劉䄂瑾的問題。

「的確是我爺爺死後才關掉的。他在生前對古董店執著到就算一個月沒人入店，他還照常營業。」

想起以前在老家，只有爸爸默默支持爺爺的事業，親戚們滿腦子都是希望爺爺把古董賤價賣給拍賣店，他們深信店裡沒古董，爺爺就會放手古董店的經營。

之後親戚暗自去找人估價，發現地段關係，把古董店賣了也賣不了什麼好價錢。便沒有阻止爺爺的小本經營。

「那地方雖然地段不好，房價也算高呀。」劉袓瑾淡淡說道，「皇甫先生應該動手腳。」

「應該。」皇甫洛雲聳肩，問道：「阿袓，你想要問什麼？」

劉袓瑾挑眉，輕輕哼聲，「好吧，只是想了解古董店的經營狀況，有點事需要調查。」

「什麼事？」皇甫洛雲問。

「皇甫古董店外包裝是一間普通的古董店，實際上它的內裡是販賣給予冥府冥使器具的所在地。我記得，你爺爺過世讓你們措手不及？」

「嗳，是這樣沒錯。」皇甫洛雲大概知道劉袓瑾要問什麼了。

「你家的古董是全部？」

「全部。」皇甫洛雲說，「爺爺的房子給了我，裡面的東西我爸都搬到我家地下室了。那些東西很正常。」

皇甫洛雲忍不住補充。

他想，劉袓瑾是要問搬遷到他家的古董裡，是不是有器具吧！

「如果沒有器具，那原本在皇甫古董店的器具跑到了哪裡？」

這是劉昶瑾的疑問。同時，皇甫洛雲現下也想要知道這項答案。

結果很好，果然有了冥鐮，答案很快就降臨了——

皇甫洛雲苦笑地看著眼前的場景。

「唷，秋清大人好久不見。」

夜半，身穿一襲黑色大衣的冥使出現在皇甫古董店，他才剛哄完孫子回房睡覺，甫一踏出，就看到外面多了一個人。

皇甫秋清往前踏上一步，周圍出現透明結界，也在這一剎那，白髮蒼蒼的老人家瞬間變成了黑髮青年。

「好不習慣我這模樣。」皇甫秋清喟嘆道。

「您很久沒跟我們接觸了。」冥使如是說。

皇甫秋清聞言，聳肩苦笑，「老人家也是需要清淨的時候呀！」說到這裡，皇甫秋清又道，「看到你用敬語稱呼我，我需要擔心我的小命嗎？」

畢竟眼前的冥使與自己相識很久，有段時間幾乎過著王不見王的生活。當對方一出現在自己的面前，還用敬語稱呼自己，倒是讓皇甫秋清受寵若驚。

「哈，我不是這樣的人呀，秋清大人。」那人開懷笑道。

「加上『大人』二字，等等你說什麼，我不答應似乎說不過去？」

「沒這麼嚴重。」冥使笑著說道，「只是有一個小要求而已。」

「說吧。」皇甫秋清玩笑話說完，認真地看著冥使。

「看樣子，你好像不意外我即將要對你所說的話？」冥使將嘻笑神情收起，認真問道。

「很久之前，你們把那孩子塞給我，之後我的工作就斷了。」皇甫秋清口中的「那孩子」目前躺在他那私密且不會有人進入的廢棄倉庫。

想著那樣的完整無殘缺的物品埋在廢棄倉庫，顯得格外諷刺。更別說那樣的物品在下界並非毫不起眼之物。

當他決定收下那項物品，也跟冥府打上了契約，從那天起，冥界那方的與他的互動也越來越少。

曾經古董店輝煌盛期，最後也慢慢的消失。不過這對他而言並非壞事，他可以好好的經營自己的家庭，而現在他也和自己的孫子玩得很開心，他不覺得這樣很不妥。

皇甫秋清記得已經有好幾年沒有看到冥使出現在他的面前，而現在出現是代表他需要擔心了嗎？

「皇甫古董店，後繼無人，我會是最後一代。」既然遇上了冥使，皇甫秋清有必要提醒他們，讓他們有所準備。

「我知道。」冥使點頭說，「我正是為了這件事而來。」

此話一出，皇甫秋清露出了然神情，「你們打算收回那孩子？」

只要下界決定回收，他便可以放下這不能說出的心頭重擔。

「不，是器具。」冥使說：「下界看我跟你認識這麼久，就派我跟你談條件了。」

「器具你們應該收集夠了？」想到古董店從輝煌轉成衰敗，成因即是冥府暫時不需要器具，只因為冥使手中的器具數量已經足夠了，再者則是要讓冥使遠離古董店，以免交託與皇甫秋清保管之物被不該知曉者得知。

「雖然蒐集夠了，但一些地方有新生冥使，他們需要器具。」冥使說：「雖然那東西交與你的這件事只有知情者知曉，但也因為古董店的狀況，我們還是需要名義上地回收器具，當然，這也要你同意，如果不想交出，我們願意尊重你的決定。」

皇甫秋清聞言，淺笑道，「你以為我會反對?不，既然有人要使用，帶走它們又何妨?」只要是有人會想要使用，也就代表那些東西不會留在他這裡生灰發霉也不會有人搭理，有人使用即是代表這東西依然有著使用價值。

「那麼，我在這裡先替那些冥使們說聲謝謝了。」冥使聞言，拿出一疊文件說道，「這是契約，麻煩你了。」

皇甫秋清聞言，露出一抹笑，接下了那疊文件。

「你可以告訴我，除去找我拿器具這件事，你還有其他原因嗎？」

「沒有。」冥使笑著說道，「想要見朋友需要其他原因嗎？」

「這不就是見面的理由？」皇甫秋清將手指劃破，手指按在文件上頭，並交給冥使，「好了，你可以把器具收走了。」

冥使低眉看著手中文件，笑笑地將文件收起。「感謝你的合作。」

「好了，拿完器具就快滾吧！」皇甫秋清笑罵道，「我這老人家也該回房休息了。」

冥使聞言，笑彎著眉，輕聲說道，「不跟我多聊幾句？」

皇甫秋清搖頭道，「不了，下次再見？」

冥使先愣了一下，後發出噗哧笑聲，「再一次見面，就會是地府了吧！」

「這樣也沒差。」皇甫秋清說，「我們可以約地府見，不是嗎？柳。」

皇甫秋清說完，轉身往自己的房間走去，他穿過結界，從青年變回了白髮老人，被稱為「柳」的冥使目送皇甫秋清離去，隨即身影從皇甫古董店抹去。

◌ ◌ ◌

「我想，我應該知道古董店是什麼時候沒有器具。」

次日，剛好是週末假期，劉袒瑾還沒有回到學校宿舍，皇甫洛雲便將劉袒瑾約出。

「說吧。」

對於昨日意外見面，卻抱著疑問離去，隔天卻帶著答案的皇甫洛雲，劉袒瑾一點也不意外。

「……你不能露出吃驚表情嗎？」

皇甫洛雲無言以對。

「如果那樣會讓你一五一十將詳細原因說給我聽，這吃驚表情我也不會吝嗇給你。」

「這樣太做作了！」皇甫洛雲當場傻眼，劉昶瑾的腦內構成到底是什麼？

縱使心中有無數個吐槽，皇甫洛雲還是將自己夢到的狀況說給劉昶瑾聽。

當他將最後一字吐出，他有個新的疑問，「阿昶，為什麼我會夢到爺爺？是他在託夢，有想要對我說的話嗎？」

冥使當久了，鐵齒的人也足以變成一名不科學的人。

「我想，你可以當作是冥鐮想要對你透漏的訊息。」

「冥鐮？他要對我說爺爺的事情做啥？」

皇甫洛雲納悶了，至今爺爺──皇甫秋清的定位在於冥鐮保管者，除此他沒有什麼其他特殊身分。

「可能是有內含情報。」劉昶瑾推敲道，「再者，原因或許出在你身上。」

皇甫洛雲露出怪異眼神瞥向劉昶瑾，他跟夢到爺爺又有什麼關聯？除非他和爺爺是什麼前後世關係，但這說法也不通，他那硬朗的爺爺可是活到他高三畢業，莫名猝死身亡的。

「如果哪一天你夢到他是怎麼死的，一定要跟我說。」

劉昶瑾說得嚴肅，皇甫洛雲狐疑道，「會嗎？」

夢到爺爺怎麼死的，好想有點驚世駭俗。

「你不是想知道？」劉昶瑾淡淡說道，「你一直懷疑皇甫秋清的死法是不是預謀的？」

皇甫秋清一死，家裡幾乎亂了套。雖說硬朗的老人也是有死亡危機，但這對皇甫洛雲而言真的太過突然。

只是他當上了冥使，也會控制器具，但這一去，爺爺頭七過後是火葬，爺爺的身軀也早就化作骨灰，沒有任何的渣留下。

「總之，有消息就跟我說。」劉昶瑾起身，淡淡說道：「我要回去了，再見。」

「下次見。」皇甫洛雲揮手，和劉昶瑾道別。

劉昶瑾輕點頭，直接便轉身離開。

看著劉昶瑾離開的身影，皇甫洛雲忍不住長嘆口氣。

一直夢到爺爺的事情，他才是最苦惱的那一位吧！更別說是那些夢還會篩選情節，全都是挑在古董店內發生的狀況。

不論大小事件，他幾乎快把爺爺的作為夢完了吧？

若是訊息，那是要告訴他什麼呢？

劉昶瑾的信息讓皇甫洛雲從心底生出不妙的預感，夢境的結局到底會是什麼？

不知怎地，皇甫洛雲很不想看到夢境的結尾。

「……就算是這樣，也不是我能阻止的吧？」皇甫洛雲仰起頭，遠眺藍色的天空。

現在煩惱還太早了，等到真的發生了，他再煩惱吧！

——番外・古董店　完

後記

大家好，我是餅乾。

《冥使》03終於問市了，真抱歉這次出版時間間隔很長……是因為餅乾我窩了（血淚）。

因為各種忙碌的忙，不只吐魂，可能還要賣肝……（謎音：餅乾還會有肝嗎？）

寒暄完畢，以下有點小劇透，請先看後記的讀者們先翻到第一頁看內文，否則會被雷唷！

這次的任務主軸是連殷鳴，跟柳一樣神祕，又是面癱跟直接開槍威脅派別的鳴有啥過往，全都在這一集揭曉。

不忍說，這一本的結尾模式餅乾擔心我會被啃，如果看到翻桌想要啃餅乾的讀者們，請自行去便利商店買餅乾啃，千萬不要過來啃餅乾！（咦？）

說到底，基本上鳴的個性就是這麼硬，屬於鳴那邊的結尾想了老半天，還是決定要這麼做。至於讀者們擔心鳴之後會怎樣……那就請各位讀者們看下一本吧！

下一本是《冥使》的最後一本，屆時還請各位讀者大人多多捧場。

最後，感謝購買或租這本書的讀者大人，餅乾照慣例想要看看大家的感想，感謝！

以下是餅乾的出沒地點，歡迎大家踏踏留言～

痞克邦部落格（WING★DARK）：http://wingdark.pixnet.net/blog

噗浪（PLURK）：http://www.plurk.com/wingdarks

個人粉絲團（DARK 櫻薰）：https://www.facebook.com/wingsdarks

DARK 櫻薰

輕世代
FW039
人死 鬼使取之
妖死 青燈一盞足矣
混有妖怪血緣的半妖的左安慈，
打從小時候遇見了前來引渡爺爺的青燈時，
就一心想再見到那抹帶著亡妖之魂離去的青影。
偶然的機緣下，他終於和提著那盞燈的青影再度相遇，
安慈忍不住伸手碰觸了燈裡搖曳的青火……
左安慈只想再見青燈一面，並不想當半盞「燈」呀……
日京川 著
kiDChan 繪
青燈
壹

輕世代
FW057
人死之後留魂，當一抹亡魂對人世間仍存著極深的羈絆，
忘記輪迴的亡魂將變成惡靈，消滅並引渡這些墮落的惡靈，
就是引渡人的工作——
當輕浮的前執牌引渡人白優聿，
遇上了脾氣高傲的見習生望月，
這不合拍的雙人組被強制組成了新的搭檔！
此時，引渡人總部卻遭受不明的攻擊，眾人想起當年的預言……
——持有雙十字聖痕的人終將以背叛光明者的身分甦醒……
在不斷來襲的敵人之前，
關係惡劣的兩人，是否能互信互助，
聯手禦敵為引渡人得來最終的勝利?!
最惡拍檔
全五冊
秋十 著
流翼 繪
三日月書版

高寶書版集團
gobooks.com.tw

輕世代 FW059
備位冥使03分部疑雲

作　　者　DARK櫻薰
繪　　者　LASI
編　　輯　許佳文
出　　版　英屬維京群島商高寶國際有限公司臺灣分公司
　　　　　Global Group Holdings， Ltd.
地　　址　臺北市內湖區洲子街88號3樓
網　　址　gobooks.com.tw
電　　話　(02) 27992788
電　　郵　readers@gobooks.com.tw（讀者服務部）
　　　　　pr@gobooks.com.tw（公關諮詢部）
傳　　真　出版部　(02) 27990909　行銷部 (02) 27993088
郵政劃撥　19394552
戶　　名　英屬維京群島商高寶國際有限公司臺灣分公司
發　　行　希代多媒體書版股份有限公司/Printed in Taiwan
初版日期　2014年1月

國家圖書館出版品預行編目(CIP)資料

備位冥使. 3, 分部疑雲 / DARK櫻薰著. -- 初版.
-- 臺北市 ： 高寶國際， 2014.01-
面；　公分. --
ISBN 978-986-185-937-8(平裝). --

857.7　　　　　　102022216

三日月